L'île des disparus

Tome 1 : La Fille de l'eau

Camilla & Viveca Sten

L'île des disparus

Tome 1 : La Fille de l'eau

Traduit du suédois
par Marina Heide

Michel LAFON POCHE

Titre original : *Djupgraven*

Première publication par Bonnier Carlsen Bokförlag, Suède, 2016
Publié en accord avec Nordin Agency AB, Suède

Les personnages, les organisations et les situations de ce récit étant purement fictifs, toute ressemblance avec des personnes ou des situations existantes ne saurait être que fortuite.

Loi n° 49-956 du 16 juillet 1949
sur les publications destinées à la jeunesse

118, avenue Achille-Peretti – CS70024
92521 Neuilly-sur-Seine Cedex

www.lire-en-serie.com

Prologue

Lorsque le petit bateau à voile s'écarta du ponton, le temps était calme, mais des nuages bas planaient à l'horizon. Ils emmenaient leur fille en mer pour la première fois.

– On est sûrs que c'est prudent ?

L'homme interrogea sa femme du regard. Elle répondit en opinant doucement. Elle connaissait bien la mer et voulait que sa fille apprenne à l'aimer. L'enfant dormait, abandonnée dans ses bras. L'eau était claire et lisse.

Le ponton disparut rapidement derrière eux. Le premier coup de vent se fit à peine sentir. Il n'était que quinze heures, mais le soleil semblait sur le point de se coucher. Les vagues se levèrent peu à peu, déchirant la surface de l'eau et battant la coque du navire. L'écume éclaboussait la cabine, les voiles se gonflaient, prêtes à craquer.

La femme serrait sa fille fort dans ses bras. À présent, une odeur glaciale annonçait la pluie. La petite se réveilla et regarda autour d'elle de ses grands yeux gris.

Le ciel s'assombrit d'un coup.

– On doit faire demi-tour ! cria l'homme pour couvrir les sifflements du vent.

Cette fois, la femme approuva d'un vif hochement de tête, serrant sa fille plus fort encore. La petite, enveloppée dans une couverture, ne bougeait pas un cil. On eût dit qu'elle flairait le danger.

L'homme tenta de virer de bord, mais la tempête les avait trouvés. La pluie tombant à verse fouettait les voiles. La fillette gémit et se tortilla dans les bras de sa mère.

Il était trop tard pour revenir.

La mère entonna une chanson, mais le vent cinglant avalait la mélodie. Les vagues grossissaient, menaçant d'engloutir l'embarcation.

– Je ne vois plus rien ! s'écria l'homme.

Sa voix se noya dans les hurlements de la tempête. La mère se redressa pour regarder au loin, tout en pressant l'enfant contre sa poitrine. Quelques secondes plus tôt, elle apercevait encore les îles qu'elle connaissait depuis son enfance. Mais à présent, elle ne discernait plus rien. Dans la pénombre, les îles avaient disparu. L'horizon et le ciel s'étaient transformés en une grande nuée grise. Un décor inconnu et effrayant.

La peur s'abattit sur elle comme une lourde pierre.

– Attendons que ça se lève ! s'écria-t-elle. Essaie de nous mettre à l'abri !

Le bébé hurlait.

Pendant un instant, le temps sembla s'arrêter. Une vague passa par-dessus le bastingage, telle une créature maléfique déchaînée. La femme vit le fond du bateau disparaître sous ses pieds et le voilier chavira. Jamais le rythme du monde ne lui avait semblé si rapide et si lent à la fois.

Elle sombra dans le chaos, cernée d'eau et de grondements. Elle remonta à la surface après quelques secondes. Sans même qu'elle en ait conscience, des cris s'échappèrent de sa bouche :

– Où est-elle ? hurlait-elle, encore et encore, d'une voix éraillée.

L'homme plongea dans les profondeurs à la recherche de l'enfant. La femme s'élança à son tour, se débattant dans les courants et se forçant à ouvrir les yeux dans l'eau noire et glaciale. Plus la cruelle réalité s'insinuait en elle, moins elle pouvait l'accepter.

La mer lui avait pris sa fille.

MERCREDI 14 OCTOBRE

1

Le navire tangue. Je me roule tout de suite en boule pour ne pas vomir. Depuis quelques semaines, j'ai la nausée dès que je pose le pied sur le bateau qui m'emmène à l'école.

Österman vient toujours me chercher la première. Quand j'étais petite, je me disais que c'était parce que j'étais sa préférée, que j'avais quelque chose en plus, mais maintenant j'ai compris : comme il vit aussi à Harö, du côté sud de l'île, le plus rapide est de commencer par passer me prendre.

Il n'est pas bavard, Österman. Il pilote le bateau-bus dans son vieux ciré bleu qu'il doit avoir depuis avant ma naissance. J'ai douze ans. C'est un petit homme, avec des cheveux argentés jamais décoiffés par le vent et de profondes rides autour de la bouche. On dirait des cicatrices.

Je ne l'ai jamais entendu dire plus de deux ou trois phrases par trajet.

Alors que nous tournons vers Eknö, des gouttes m'éclaboussent le visage. Je grelotte. J'ai l'impression que le soleil ne s'est pas montré depuis des semaines. Les gouttelettes forment une pellicule mouillée sur ma peau, et je sens sur mes lèvres le goût légèrement salé de l'eau.

Tout est calme. Je préfère l'archipel en cette saison, quand les touristes sont rentrés chez eux et que les oiseaux migrateurs ont pris leur envol.

Hanna et Isabelle nous attendent sur le ponton. Il est rare qu'elles ne soient pas en retard. D'habitude, elles arrivent en courant, leurs longs cheveux blonds flottant au vent, comme deux sœurs jumelles. Sauf qu'elles ne sont pas de la même famille, juste meilleures amies. En vrai, elles ne se ressemblent même pas, mais quelque chose de commun dans leurs manières les rapproche.

Isabelle est grande et mince, avec des bracelets cliquetants au poignet. Hanna est plus petite et a un rire strident. Elles chuchotent tout le temps pendant les cours, se dessinent sur le dos de la main, et suivent à la trace Axel et Rasmus. Elles parlent garçons, maquillage, et séries télé que je n'ai pas vues.

Dès qu'Österman se range près de l'embarcadère, Isabelle saute lourdement à bord et le bateau penche. Mon estomac se noue. Pourvu qu'on ne chavire pas ! La peur de tomber à l'eau me donne le vertige, je m'agrippe au bastingage à m'en faire mal.

– Pardon ! s'écrie Isabelle.

Mais elle n'a pas vraiment l'air désolée.

Hanna embarque à son tour, d'un pas plus léger, puis s'assied à côté d'Isabelle.

– On est en retard ? demande-t-elle.

Österman secoue la tête et le navire repart en ronflant.

Je fixe le fond. Il ne reste plus qu'une fine couche de plastique et d'aluminium sous la peinture blanche usée par l'eau, les intempéries et les chaussures. J'essaie de penser à autre chose qu'aux profondeurs sous la coque du bateau. À cette quantité infinie d'eau.

En approchant du ponton de chez Axel, Österman ralentit. L'île n'est pas grande et la famille du garçon est la seule à y vivre, dans la petite maison penchée construite au sommet du rocher. On ne croirait pas qu'il y ait de la place pour cinq, là-dedans.

Je n'ai jamais vu le père d'Axel, mais je connais sa mère, Marianne. Il faut dire qu'elle ne passe pas inaperçue : elle jacasse aux réunions parents-profs et se fait remarquer aux fêtes de fin d'année. Si c'était la mère d'un autre, les élèves se moqueraient, mais personne ne rit d'Axel. Tout ce que les gens disent dans son dos, c'est qu'il est trop beau.

Axel arrive d'une démarche nonchalante bien étudiée, suivi de ses frères, des jumeaux de huit ans. Il monte à bord, s'assied près d'Hanna et d'Isabelle, rejette sa mèche brune en arrière et marmonne un « salut ».

Le tout sans m'adresser un regard.

Tous les trois sont serrés sur le banc devant moi. Quand nous étions petits, ils passaient leur temps à m'embêter : ils me traitaient de tous les noms et s'amusaient à me faire pleurer.

Un jour que nous attendions le bateau-bus, ils m'ont même poussée à l'eau. Je ne sais pas s'ils se sont fait gronder, mais depuis c'est un peu mieux. Maintenant, ils m'ignorent.

Parfois, c'est pire, en fait.

Nous arrivons à la dernière île. Une silhouette agite le bras au bout du ponton. Je voudrais répondre, mais je me retiens. Ce geste ne m'est pas destiné.

La voix aiguë d'Isabelle tranche l'air clair et froid :

– Salut, Rasmus !

Rasmus enfonce les mains dans ses poches alors que nous approchons. Je l'observe du coin de l'œil. C'est un nouveau, arrivé en août, juste pour la rentrée. Il n'est pas aussi beau qu'Axel, mais son sourire est charmant. Rasmus est plus élancé, avec des cheveux blonds en bataille. Et il vient du continent, ce qui fait forcément de lui quelqu'un de cool. Peut-être que dans quelques mois, quand la magie n'opérera plus, il tombera au niveau de Kristoffer et de Micke. Mais pour l'instant, il est nouveau, canon, et de Stockholm. Hanna rougit chaque fois qu'il monte à bord.

– Purée… dit Rasmus en se frottant les mains et en s'asseyant sur le banc à l'avant, face aux autres, le dos tourné à Österman.

– Quoi ? demande Isabelle d'un ton blasé.

– Ça caille, ce matin.

Il esquisse un sourire que je vois par-dessus l'épaule d'Hanna. Pendant une seconde, il me semble qu'il rencontre mon regard, mais je détourne aussitôt les yeux.

– Il ne fait pas aussi froid en ville ? demande Hanna d'une voix moqueuse.

– Pas en octobre, répond-il avec un sourire en coin.

À partir de là, il faut quelques minutes à peine pour rejoindre notre école sur l'île de Runmarö. Le soulagement de voir arriver la fin de la traversée est vite remplacé par l'appréhension de ce que la journée me réserve.

Nous tournons vers l'embarcadère où l'autre bateau-bus est déjà au mouillage. Il arrive toujours en premier ; il transporte treize personnes, et le nôtre, neuf. En tout, l'école compte quarante élèves, du CP à la troisième ; en général, je me débrouille pour ne parler à personne de la journée.

Lorsque nous accostons, la coque heurte le ponton et de l'eau jaillit par-dessus bord et arrose mon jean. Ce choc froid réveille mes cauchemars.

Un bain gris et gelé. Une fumée brûlante qui m'emplit la gorge, comme du feu embrasant mes poumons. Et la surface tout en haut, si loin.

Depuis des semaines, je rêve chaque nuit que je me noie.

Je me dépêche de gagner la terre ferme.

2

J'enfonce mon bonnet sur mes oreilles et essaie d'ignorer Isabelle et Hanna, qui sautillent d'un pied sur l'autre en se plaignant du froid.

Elles n'ont qu'à savoir s'habiller : quand il fait 0° C, un legging noir tout fin et un coupe-vent, ça ne suffit pas. Tout le monde sait qu'aujourd'hui nous avons course d'orientation. Nous nous sommes déjà entraînés plusieurs fois à nous repérer dans la forêt dense de l'île.

Le brouillard semble s'épaissir, alors qu'il devrait se lever à cette heure de la journée. Je vois à peine Stefan, le prof de sport, à quelques mètres devant moi. Il discute avec Maria, l'infirmière de l'école, qui a accouru pour nous distribuer des sifflets, au cas où nous nous perdrions.

– Le brouillard perturbe le sens de l'orientation, explique-t-elle d'une voix inquiète.

Stefan semble surpris, mais il ne proteste pas.

– Bonjour tout le monde ! lance-t-il tandis que Maria disparaît derrière le bâtiment. Écoutez-moi !

Personne ne fait attention à lui. Stefan est toujours forcé de se répéter. Comme il ne croit pas lui-même à ce qu'il nous demande de faire, personne ne lui obéit. À cinquante ans passés, il est le plus âgé de nos profs. Mais il a une voix claire et fragile, qui tremblote quand il est offusqué. Axel l'imite souvent, d'un ton moqueur et indolent. Je dois admettre que parfois ça me fait rire, même si je regrette ensuite de m'être moquée.

– Votre attention, s'il vous plaît ! reprend Stefan.

La classe se calme un peu. Les élèves en ont sans doute marre d'attendre dans le froid.

– Les conditions météo ne sont pas les mêmes que la semaine dernière, dit-il, donc la course risque d'être plus difficile que d'habitude.

Vêtu de sa vieille veste de jogging Adidas étriquée aux épaules, il bat du pied par terre.

– Si vous suivez scrupuleusement la carte, tout devrait bien se passer. Gardez un œil sur vos petits copains, que vous ne vous perdiez pas dans cette purée de pois.

Il se tait un instant, nous regarde. Cette course a déjà l'air de le tracasser.

– Tout le monde a bien eu un sifflet ? demande-t-il d'une voix aussi inquiète que celle de Maria.

Axel souffle dans son sifflet, puis le brandit, montrant l'exemple aux autres de la classe. Moi, je me contente de serrer l'objet dans ma main.

– Si vous vous perdez, sifflez un coup et attendez qu'on vienne vous chercher. Pareil si vous tombez à l'eau : retournez à terre et attendez-moi. C'est compris ?

La classe acquiesce dans un lent murmure.

– Parfait ! s'exclame Stefan avec un petit sourire. Vous avez deux heures pour trouver quinze balises. Et que ça saute !

Sa voix haut perchée monte encore dans les aigus. J'entends quelqu'un ricaner dans mon dos.

Je me lance aussitôt dans la course.

3

Courir seule ne me déplaît pas. C'est toujours mieux que si le prof me forçait à faire équipe avec quelqu'un. Ou, pire, s'il me mettait avec un binôme déjà formé. Je sais ce qui se passerait : les deux autres me planteraient dès qu'ils en auraient l'occasion, me laissant toute seule, sans carte, en pleine forêt.

Parfois, je me demande si Stefan a remarqué que personne ne voulait être avec moi, ou s'il préfère ne rien voir.

En à peine une minute, j'arrive en forêt. Ici, la brume est encore plus épaisse. Il n'y a pas que ma vue qui est troublée : mes quatre autres sens le sont aussi. Les autres élèves de la classe ont tous disparu dans le brouillard. Je n'entends pas le bruit de mes pas sur le sol, et des arbres surgissent de nulle part.

Habituellement, je vois bien dans le noir, mais alors que je cours à la recherche de la première balise, je manque de foncer dans un pin. L'humidité dépose un voile mouillé sur mon visage et des gouttelettes imprègnent mon blouson, pénètrent le tissu qui me colle à la peau. Je frissonne déjà. Jc secoue la tête pour repousser de mon front quelques mèches poisseuses. Puis je continue en direction de Lugnet où, d'après la carte, je suis censée trouver le premier point de contrôle.

J'aperçois une tache orange un peu plus loin. Parfait : au moins, je suis sur la bonne piste.

En approchant, je remarque que la balise semble flotter. Elle doit être accrochée à quelque chose, une branche peut-être. Mais à travers l'épais brouillard, je crois distinguer une silhouette juste derrière la tache orange : une sorte d'ombre incolore qui a l'air de m'attendre.

Je ralentis, la voyant bouger. Une silhouette longiligne qui brille dans le noir et me rappelle mes cauchemars.

Je m'arrête, terrorisée. La sueur coule sur mes tempes. Mon cœur bat à tout rompre dans ma poitrine et la peur pulse dans mes veines. J'essaie d'avaler ma salive mais n'y parviens pas.

Tout à coup, la brume se dissipe un peu et je peux

respirer. Aucun fantôme à l'horizon. Était-ce mon imagination ? Mes cauchemars me hantent-ils au point que j'en aie des visions ?

Un peu plus loin, une branche craque, puis des voix percent le brouillard laiteux.

– La voilà !

Je les reconnais, avant même de distinguer les blousons, les pantalons imperméables et les visages des deux arrivants : Kristoffer et Micke.

Je me remue, essayant de me persuader qu'il n'y a rien de dangereux dans la brume.

Kristoffer sursaute en me voyant. Je ressemble sans doute à un fantôme, avec mes cheveux collés à mon front et mes yeux de merlan frit.

Il détourne le regard et annonce à Micke :

– Le code, c'est 376 !

Je sors mon carnet de notes de ma poche et pioche mon stylo pour noter les chiffres de la première balise, mais j'ai subitement un doute. Kristoffer a parlé si fort qu'on aurait dit qu'il voulait que je l'entende. J'observe les deux garçons.

Kristoffer murmure quelque chose à Micke, qui tient la carte. Un hochement de tête et tous deux disparaissent de nouveau dans la brume. Je m'approche de la balise, puis la retourne : « 376 » y est inscrit, de l'écriture maladroite et anguleuse de Stefan. Pourquoi ai-je douté ? Kristoffer et Micke ne m'ont jamais rien fait de mal, mais il faut toujours que je soupçonne tout le monde.

Je glisse le carnet dans ma poche et examine de nouveau la carte. Le point de contrôle le plus proche est le numéro 7, vers le quai. Il y a un raccourci à travers les rochers. Si j'arrive à grimper, je gagnerai une bonne dizaine de minutes.

Les pierres mouillées sont glissantes, mais je parviens à trouver des prises et à me hisser. Un peu de lichen jaune se colle à mes doigts ; je les frotte sur mon jean puis me redresse, prête à scruter l'horizon. Mais la mer n'est plus là.

Tout est enveloppé dans du coton. La mer Baltique s'étend devant moi, mais je n'entends pas le moindre murmure. Je ne peux même pas distinguer le ciel ni les bateaux.

Dans ce brouillard opaque, il fait presque aussi sombre qu'en pleine nuit. Je n'ai jamais vu ça.

J'ai encore un peu la nausée. L'épaisse brume étouffe tous les sons, imposant un silence anormal.

Tout à coup, je revois l'ombre avancer, dix mètres devant moi. Ce n'est qu'une silhouette, mais ces cheveux ébouriffés me rappellent quelqu'un. Une seconde plus tard, je réalise que c'est Rasmus. Il ne court pas dans la bonne direction : il s'éloigne de l'eau, trottant d'un pas lourd vers le cœur de la forêt. Là-bas, j'en suis certaine, il ne trouvera aucune balise.

Mais au fait, où est Axel ?

Je les ai vus ensemble tout à l'heure, quand le prof de sport nous a distribué les sifflets. Ces deux-là ne se quittent jamais d'une semelle, donc ils devraient faire la course côte à côte. Il y a quelque chose de bizarre… Rasmus ne court pas comme d'habitude, il chancelle.

Je ne peux pas m'empêcher de le suivre.

Quand je m'élance derrière lui, une odeur infecte me prend à la gorge. Un mélange d'algues moisies et d'œufs pourris. J'ai envie de vomir. Ma peur s'intensifie. Je dois m'éloigner, je le sens, mais quelque chose me pousse à continuer d'avancer.

Rasmus file droit vers l'endroit d'où vient cette puanteur. Pourquoi ?

– Rasmus !

Je ne reconnais pas la voix frêle et cassée qui sort de ma bouche. Je crie de nouveau, plus fort cette fois :

– Rasmus !

Il entend forcément que je l'appelle, mais il ne réagit pas, ne se retourne pas. En m'approchant, j'aperçois son visage : il a l'air de courir en dormant. J'ai envie de lui attraper le bras, mais quelque chose me retient.

Je remarque soudain des étincelles qui virevoltent à quelques mètres de sa figure. De petits points qui brillent comme des lucioles – j'imagine, car je n'en ai jamais vu en vrai. Je ne crois même pas qu'il y en ait en Suède, alors je ne risque pas d'en trouver sur notre île. Pourtant, ces taches lumineuses m'évoquent quelque chose, un souvenir lointain.

La puanteur se fait plus forte encore, devient presque suffocante. Rasmus continue à courir lourdement derrière les étincelles. Je le suis.

Il paraît hypnotisé, ensorcelé par ces espèces de vers luisants. Je me doute que je ne devrais pas les regarder, mais je ne peux pas m'en empêcher. Je risque peut-être d'être envoûtée, moi aussi, mais je ne ressens rien à part le froid et la peur. Nous nous enfonçons dans la forêt, fuyons loin, à des dizaines de milliers de kilomètres de la civilisation. Du moins, c'est l'impression que j'éprouve.

Fais quelque chose, me dis-je, *force Rasmus à s'arrêter !*

La gorge serrée, je me jette en avant et lui saisis le bras. Il s'arrête et se tourne, son regard m'effleure, sans me voir. Il est blafard, comme si son corps ne contenait aucune vie. Ses paupières sont lourdes, ses pupilles, noires et dilatées, à tel point que je vois à peine ses iris.

– Rasmus ?!

Il ne réagit toujours pas. Il repart en courant sans broncher. Comme je n'arrive pas à le retenir, je le suis.

Maintenant que je suis tout près, je vois que les

taches lumineuses ne sont ni des étincelles ni des lucioles : on dirait des êtres humains minuscules, de la taille d'un papillon, avec des bras longs et fins, des jambes en forme de pattes d'araignées, et sur le dos des ailes presque invisibles tant elles battent vite. Ces créatures dansent, tournent les unes autour des autres, suivant une chorégraphie hypnotique qui nous mène toujours plus profond dans la forêt.

Alors que Rasmus enjambe la mousse et la bruyère, je dérape dessus. Je me relève vite, malgré la peur qui m'engourdit.

– Rasmus ! m'écrié-je encore en saisissant son blouson à deux mains.

J'ai beau enfoncer les talons dans le sol pour tenter de le retenir, rien n'y fait. Il me dépasse de vingt centimètres et pèse beaucoup plus que moi. Il ne semble même pas remarquer ma présence.

Comme pour m'empêcher d'agir, le brouillard s'engouffre partout. Distraite par cette pensée, je relâche ma prise et Rasmus, agité d'un mouvement saccadé, parvient à se libérer. Son dos disparaît peu à peu. D'un instant à l'autre, il sera englouti par la brume.

Je n'ai pas une seconde à perdre.

Je me jette sur lui de toutes mes forces, et nous nous écrasons contre un arbre. Mon front heurte le tronc. Le choc lance une douleur foudroyante dans ma tête. Sonnée et affaiblie, j'essaie de me redresser. Une fois assise, je cligne des yeux pour y voir clair.

Les petites créatures volent toujours dans les airs. Maintenant qu'elles ne tournoient plus dans tous les sens, je m'aperçois qu'elles ne sont que quatre. Elles vibrent et bourdonnent sur place. Comme elles ne cessent de remuer, leurs silhouettes paraissent floues. Malgré le mal de crâne et les vertiges, je vois qu'elles attendent. Elles attendent de pouvoir emmener Rasmus !

Il reprend vie, pousse un soupir et tente de se relever.

Non, ça ne se passera pas comme ça ! Je les fixe et hurle :

– Dégagez !

Le temps semble s'arrêter tandis que nous nous dévisageons, ces bestioles et moi.

– Dégagez ! crié-je encore.

Et tout à coup, les voilà parties.

Je reste figée, cherchant à comprendre où elles ont pu aller.

Rasmus bouge, je l'entends marmonner quelque chose, mais je regarde autour de moi. Où se sont-elles volatilisées ? Ces créatures… Qu'est-ce que ça pouvait être ?

Rasmus regarde en l'air. Il a le teint pâle et les yeux cernés. Il semble aussi perdu que s'il venait de se réveiller. Dès qu'il croise mon regard, il me demande d'une voix fragile :

– Il est où, Axel ?

Je ne trouve alors qu'une chose à faire : sortir mon sifflet et souffler dedans de toutes mes forces.

4

Un frisson me secoue. Je m'emmitoufle dans la couverture que Maria, l'infirmière de l'école, m'a passée à notre arrivée. Rasmus, lui aussi, en a eu une.

J'attends dans la classe depuis bientôt une heure et demie. Les aiguilles de l'horloge indiquent quatre heures moins cinq. L'école n'a jamais été aussi calme : tous les élèves ont été renvoyés chez eux, même les petits. Par la fenêtre, j'ai vu Österman s'éloigner du ponton dans son ciré bleu. Le brouillard se dissipe enfin. Maintenant, la mer brille comme une grande flaque d'huile.

Les jambes encore raides, je me lève et tire les rideaux pour que personne ne me voie. Et que je ne voie pas l'eau. Avant de sortir de la pièce, l'infirmière m'a donné une orange. Le fruit est toujours sur la table, je n'en ai pas envie. Je n'ai jamais eu aussi peu d'appétit.

Ces choses que j'ai vues, c'était *quoi* ? C'était *qui* ?

Tout ce dont j'ai envie, c'est de parler à Rasmus. L'assaillir de toutes les questions que j'aurais dû lui poser dans la forêt, mais que je ne réussissais pas à formuler tant j'étais effrayée et déboussolée.

Rasmus n'est pas dans la pièce avec moi : Maria l'a emmené à l'infirmerie. Il était tout pâle et complètement perdu, au moins autant que moi. Et il regardait autour de lui en marchant.

La porte s'ouvre, laissant apparaître Maria. Avec sa belle chevelure blonde et ses grands yeux bleus, on dirait un mannequin.

Les élèves l'aiment bien. Elle est assez jeune et jolie pour passer pour cool. Mais moi, je la trouve fausse. Une poupée en plastique.

Dans la forêt, quand j'ai lancé l'alerte avec mon coup de sifflet, elle est arrivée la première. Elle était là avant le prof de sport, à croire qu'elle s'attendait à ce que quelque chose se produise.

Elle m'adresse un sourire si forcé que j'ai l'impression qu'elle se moque de moi. Évidemment, elle a des fossettes.

– Alors, Tuva… me dit-elle. Comment te sens-tu ?

– Où est Rasmus ?

Son sourire s'élargit encore. Je ne peux pas faire confiance à quelqu'un qui sourit de cette manière.

– Tout va bien, répond-elle. Ne t'inquiète pas pour lui.

Elle s'assied face à moi. Son regard se pose sur l'orange.

– Tu devrais manger quelque chose, Tuva, reprend-elle. Ça a dû être éprouvant pour toi.

Je serre les poings sous la table.

– Quand est-ce que je peux rentrer chez moi ?

– Tuva… murmure Maria.

Elle tire sur son chemisier pour rajuster les manches puis lisse sa jupe. Tout chez elle est joli et soigné, jusque dans le moindre détail.

– Si tu me racontais ce qui s'est passé dans la forêt ?

Je me tortille sur ma chaise, sans lui adresser un regard.

– Tu peux me faire confiance, ajoute-t-elle.

Pourquoi, dès qu'un adulte fait cette déclaration, a-t-on l'impression d'entendre un mensonge ? Sans doute parce qu'ils n'auraient pas besoin de le dire si c'était vrai.

– Qu'est-ce qui s'est passé ? me demande-t-elle.

Il faut que je lui pose la question, même si je connais la réponse :

– Vous avez retrouvé Axel ?

Ma voix est plus aiguë que d'habitude. On dirait celle d'une autre fille.

Maria pince les lèvres.

– Des gens vont venir ici te parler, répond-elle après un moment.

– De la police ?

– Pourquoi dis-tu ça ?

L'infirmière joint les mains devant elle.

– Rasmus était tout seul… Ça veut dire qu'Axel a disparu, non ?

J'avale ma salive puis reprends :

– Si vous l'aviez retrouvé, la police ne viendrait pas à l'école.

Maria ne dit rien, elle me fixe de ses grands yeux bleus, d'une nuance si claire qu'on les dirait transparents.

– Ils ont besoin de savoir ce qui s'est passé, répond-elle enfin.

L'infirmière regarde le fruit laissé sur la table et affiche de nouveau son sourire crispé.

– Mange quelques quartiers d'orange, me conseille-t-elle avant de se lever et d'aller vers la porte.

Juste avant qu'elle la referme, je m'écrie :

– Je peux récupérer mon téléphone ?

La porte claque. Il est quatre heures une.

5

J'essaie de me reposer sur la table, le front appuyé sur mes mains. Mais les pensées qui tournoient dans ma tête m'en empêchent. J'ignore quelle heure il est lorsque la porte s'ouvre enfin. Je me redresse aussitôt sur ma chaise.

– Vous êtes de la police ?

Question stupide… Qui d'autre cela pourrait-il être ?

Le grand barbu opine.

– Tu t'appelles Tuva, si j'ai bien compris ?

C'est un homme brun à la voix d'outre-tombe. Son collègue, un peu plus petit, a les cheveux et les sourcils si clairs qu'on les voit à peine.

Les deux policiers entrent dans la classe. Le petit referme la porte derrière lui, tandis que le brun prend une chaise et s'assied juste devant moi, me bloquant la sortie.

Qu'imaginent-ils que je pourrais faire ? Me jeter à la mer ?

Soudain, une petite voix murmure dans ma tête : *Axel était avec nous dans la forêt. Et maintenant, il a disparu.* Mon estomac se noue un peu plus.

– Je suis Ivar Henriksson, se présente le brun. Et voici Daniel, Daniel Berggren, ajoute-t-il en désignant son collègue qui s'est installé à côté.

– Mes parents ne sont pas censés être là pendant que vous me posez des questions ? remarqué-je.

Si je fais semblant de connaître les règles, c'est pour avoir l'air plus âgée et surtout éviter de montrer qu'ils m'effraient.

Ivar esquisse un sourire. Son expression est moins forcée que celle de Maria.

– On les a appelés, précise-t-il. Ta mère est en chemin, mais on s'est dit qu'en l'attendant on pourrait commencer.

– Commencer quoi ?

– Nous ne pensons pas que tu aies fait quoi que ce soit, Tuva, répond Ivar. Nous voudrions simplement savoir ce qui s'est passé tout à l'heure.

– Donc, ce n'est pas un interrogatoire ?

Ma voix est plus aiguë que d'habitude. Je serre les mâchoires à m'en faire mal.

Ivar hausse les épaules.

– Pas besoin de mettre un nom là-dessus, commente-t-il. On veut juste t'entendre nous dire ce qui est arrivé dans la forêt, ce dont tu te souviens. Si tu vois ça comme un interrogatoire, disons que c'en est un.

Ce n'est pas vraiment une réponse.

– Pourquoi as-tu tiré les rideaux ? me demande Daniel.

Cette question me prend au dépourvu. Je ne peux pas dire la vérité, expliquer que c'est parce que j'ai peur de l'eau. Que je trouve la mer horrible, terrifiante… Rien que la voir par la fenêtre me donne des sueurs froides.

Qu'est-ce que je peux bien lui répondre ?

– Je… je voulais dormir un peu, bredouillé-je. Ça fait presque trois heures que j'attends ici. On ne m'a même pas rendu mon téléphone.

Voient-ils que je leur mens ? Les deux policiers échangent un regard complice.

– Vous n'avez pas retrouvé Axel ? Si ?

Les mots ont à peine quitté ma bouche que je me mords les lèvres. On dirait que je sais qu'ils ne l'ont pas retrouvé. Et que je sais même qu'ils ne le retrouveront pas.

Ivar hésite un instant, puis secoue la tête.

– Non, malheureusement, déclare-t-il.

– Presque tous les habitants de l'île sont à sa recherche, ajoute Daniel.

– Peut-être qu'il s'est perdu dans le brouillard, dis-je dans un murmure.

Ça sonne encore plus faux.

Ivar se penche sur la table. Il n'est pas si vieux, mais il a une carrure imposante et d'épais sourcils bruns.

– Tu peux nous raconter tout depuis le début, Tuva ? Nous dire ce qui s'est passé ?

Je tire la couverture sur mes épaules et fixe la table du regard.

– Vous avez parlé avec Rasmus ?

Le silence s'installe dans la pièce.

– Raconte-nous tout depuis le début, répète Ivar d'une voix douce.

Je serre les mâchoires de toutes mes forces. Ce matin, j'angoissais à cause de mes rêves et de mon imagination. Mais ce qui se passe maintenant est bien pire.

– On avait course d'orientation, dis-je. En forêt. On s'entraîne depuis plusieurs semaines, mais aujourd'hui c'était l'examen.

Daniel, assis les jambes écartées, reste impassible. Ivar m'encourage d'un signe de tête.

– Continue.

– Il y avait du brouillard, on ne voyait quasiment rien. Après la première balise, j'ai voulu aller directement à la numéro 7 parce que c'était la plus proche.

– Tu étais avec qui ? m'interrompt Ivar. Ton prof

de sport nous a dit que tout le monde faisait la course par deux.

Pause.

– J'étais toute seule, dis-je enfin.

Je préférerais me taire mais les mots doivent sortir, même s'ils sont difficiles et embarrassants.

– Les autres élèves de la classe ne m'aiment pas trop, dis-je tout bas.

Le silence s'impose quelques secondes. Mais pour éviter leur compassion gênante et muette, je reprends :

– Je me dirigeais vers la septième balise quand j'ai aperçu Rasmus.

– Tu étais loin ?

Daniel se penche vers moi.

– De Rasmus ? demandé-je.

– Oui.

Je hausse les épaules tout en baissant les yeux. Mes doigts s'entrelacent sous la table.

– Je ne sais pas. Assez loin, vingt mètres peut-être.

– Tu es sûre que c'était lui ? demande Daniel. Avec ce brouillard…

– J'ai reconnu ses cheveux.

Dit tout haut, ça a l'air idiot.

– Donc tu as vu Rasmus, poursuit Ivar. Axel était avec lui ?

– Non, dis-je en secouant la tête. Je ne crois pas.

– Tu ne crois pas ? répète Ivar.

– Le brouillard était trop épais. Peut-être qu'il était un peu plus loin, mais je ne l'ai pas vu.

– Tu pouvais l'entendre ?

– Non.

– Tu l'as appelé ?

– Non.

J'attends que les policiers me demandent pourquoi, mais la question ne vient pas. Puis Ivar reprend :

– Que faisait Rasmus quand tu l'as vu ?

J'entrouvre la bouche, mais aucun mot ne me vient. Tout ce que j'ai dit jusqu'à présent est vrai. Sauf que je ne vois pas comment leur parler de l'odeur infecte et de la démarche lourde et maladroite de Rasmus. Encore moins des petites taches qui dansaient et l'hypnotisaient pour essayer de l'attirer.

– Il allait dans la mauvaise direction, dis-je finalement. Il courait bizarrement, on aurait dit qu'il avait le vertige. J'ai pensé qu'il était malade.

– Pourquoi ça ?

– On peut avoir le mal de mer à cause du brouillard, il paraît. C'est ce que l'infirmière a expliqué en nous distribuant les sifflets. Je me suis dit que Rasmus se sentait mal.

Même à mes oreilles, ça ne sonne pas très convaincant.

– Le mal de mer ? fait Daniel.

– Il était bizarre, dis-je en croisant les bras, d'un air assuré.

Mais ma voix est trop têtue et infantile, je l'entends moi-même. On croirait une petite fille qui a quelque chose à cacher.

Mon mal de ventre s'intensifie et ma gorge se noue. J'ai une barre au front, des palpitations dans la poitrine. Je voudrais que maman soit là.

– Et ensuite ? reprend Ivar.

– Je l'ai appelé, dis-je tout en m'essuyant le nez du revers de la main. J'ai crié son nom plusieurs fois, mais il n'avait pas l'air de m'entendre. J'ai même essayé de le toucher, mais il ne me voyait pas. Ça m'a fait peur. Du coup, je l'ai fait tomber pour l'arrêter. Et j'ai donné un coup de sifflet.

Je me force à croiser le regard d'Ivar.

– C'est tout. Promis.

6

À la moitié de l'orange que je me force à manger, j'entends le bruit d'un bateau qui accoste. La bouche pleine, je me retourne pour regarder par la fenêtre, mais les rideaux sont toujours tirés. Aucune importance : je reconnais le ronronnement de notre bateau.

La nuit tombe peu à peu. Même si nous nous dépêchons, il fera nuit quand nous arriverons à la maison. Je recrache la pulpe d'orange dans ma main, ne pouvant avaler une bouchée de plus.

Après quelques minutes, la porte s'ouvre. Maman entre dans la pièce, suivie de Daniel, le policier, qui se tient dans son dos. Ivar, lui, est resté avec moi dans la classe. Il se lève, la main tendue.

– Bonjour. Je suis Ivar Henriksson, de la police de Nacka.

Maman ne prête pas attention à lui : elle marche droit vers moi et me serre fort contre elle. Pour la première fois depuis des heures, je me sens un petit peu soulagée.

Ses doigts restent agrippés à mes épaules. D'un ton que je me félicite de ne pas avoir entendu souvent, elle demande aux policiers :

– Qu'est-ce qui se passe ?

Daniel a l'air surpris. Je le comprends : je sais ce que ça fait d'avoir les yeux de maman braqués sur soi.

– Comme je vous l'ai dit au téléphone, l'un des camarades de classe de Tuva a disparu, répond Ivar. Axel Sundin. Nous sommes en ce moment à sa recherche.

– Qu'est-ce que ça a à voir avec elle ?

Les ongles de maman s'enfoncent dans mes épaules.

– Tuva a retrouvé le garçon qui faisait équipe avec Axel pour la course d'orientation, explique Ivar.

– Et vous vouliez lui poser des questions à ce propos ?

– Oui, répond Daniel en se redressant.

– C'est fait ? demande maman.

– Oui, je crois que c'est bon pour l'instant.

– Très bien, dit maman. Dans ce cas, j'aimerais rentrer chez moi avec ma fille.

Elle lâche mes épaules. Les jambes tremblantes, je me lève de ma chaise. Le visage de maman est fermé.

– Attendez ! lance Ivar tandis que nous marchons vers la porte.

Maman s'arrête.

– Oui ?

Ivar gribouille sur son carnet puis déchire une feuille qu'il me tend.

– Appelle-nous, Tuva, si tu penses à quelque chose.

Je regarde le numéro de téléphone inscrit sur le bout de papier. Que dirait-il si je lui racontais la vérité ?

– On pourrait avoir à vous recontacter, déclare Daniel.

– L'école a nos coordonnées, rétorque maman avant de lui tourner le dos.

Le soleil est quasiment couché, mais la brume s'est enfin levée. Je vois les îles émerger, en face. Dans la pénombre brillent les lampadaires du port de Stavsnäs, où débarquent les bateaux de transport et d'où partent les navettes pour Stockholm. La nuit tombe vite.

Je saute dans notre bateau. Maman démarre le moteur, pendant que je détache les amarres.

Naviguer, ça n'a rien de dangereux, me dis-je. *Maman et moi, on connaît l'archipel par cœur et la mer est notre amie. On l'a déjà traversée des centaines de fois à la tombée de la nuit.*

Pourtant, je fixe le fond du bateau pour ne pas voir l'écume et l'eau noire lécher la proue.

J'ai de nouveau la nausée.

Alors que nous nous éloignons du quai, je me rends compte que mon téléphone n'est pas dans ma poche : je l'ai oublié à l'école. Trop tard, je le récupérerai demain.

– Qu'est-ce qu'ils t'ont posé comme questions ? me demande soudain maman.

Même si elle ne parle pas fort, sa voix domine le ronflement du moteur.

– Ils voulaient savoir ce qui s'est passé.

Elle-même ne me le demande pas. Le visage fermé et le regard plongé dans le ciel d'encre, maman met le cap sur Harö. L'odeur du fioul qui s'échappe du moteur me rappelle la puanteur de la forêt. Les petites lumières tremblotantes. Le regard vide de Rasmus.

– Ils t'ont demandé si tu lui avais fait du mal ? reprend maman après un instant.

Elle regarde toujours droit devant elle, vers un point invisible au bout du chenal. Sa voix est toujours aussi claire, malgré le vent.

– Je n'y suis pour rien.

Il fait nuit noire, maintenant. Maman serre le gouvernail des deux mains ; les jointures blanches de ses doigts ressortent dans l'obscurité. Au fond de moi, une voix hurle qu'on aurait dû rester à Runmarö au lieu de prendre la mer de nuit.

Je regarde l'horizon, tentant de distinguer la ligne

où le ciel rencontre l'eau, là où tout se confond. Ma nausée monte encore.

Runmarö a disparu dans mon dos et, au loin, j'aperçois les fanaux d'une des grandes navettes qui se dirige vers Sandhamn. La lumière flotte dans le noir. Je n'aime pas cette vision : on dirait qu'elle veut nous attirer vers elle, nous forcer à la suivre sans que l'on sache vers où elle nous emmène. Comme tout à l'heure, dans la forêt.

Je me demande comment va Rasmus.

7

– Tu as des nouvelles de Jacobsson ? demande papa.

Ma fourchette piquée d'un morceau de morue panée est à moitié enfouie dans ma bouche, mais ce n'est pas à moi que papa s'adresse. Il parle à maman.

Ils sont assis de chaque côté de la table, moi au milieu. Il leur arrive souvent de discuter au-dessus de ma tête, comme si je n'étais pas là.

Quand maman et moi sommes arrivées, le repas nous attendait. Aucune de nous n'a raconté ce qui s'était passé à papa. Il a d'autres choses à penser. Aujourd'hui, il est de bonne humeur parce qu'il a commencé à construire le caisson d'un ponton à Möja. Ce travail l'occupera plusieurs semaines. C'est parfait. Papa est toujours content d'avoir du travail.

Les jours où il n'en a pas, il reste assis toute la journée à ruminer.

– Jacobsson ? fait maman.

– Göran Jacobsson. Tu sais, celui qui habite de l'autre côté de l'île, près d'Hagede.

– Le type qui pêche à Horssten, alors que c'est interdit ?

Papa esquisse un petit sourire.

– Lui-même.

Puis, l'air grave, il pose ses couverts sur la table.

– Qu'est-ce qu'il y a ? demande maman.

– La semaine dernière, il devait se rendre sur le continent parce qu'il a été convoqué par l'agence de l'environnement. Il est parti pour Stavsnäs au petit matin, Österman l'a vu s'embarquer dans la nuit.

Papa cherche ses mots. Les vaisseaux dilatés sur ses joues sont plus rouges que d'habitude.

– Eh bien… Il n'est jamais revenu.

Le couteau de maman crisse sur la porcelaine blanche. Elle fourre un morceau de poisson dans sa bouche, mâche lentement et boit une gorgée d'eau.

– Il aurait dû être de retour quand ? demande-t-elle.

– Vendredi dernier. Ça fait bientôt une semaine qu'on ne l'a pas vu.

– Il a peut-être décidé de passer un peu de temps sur le continent.

– Son bateau n'est pas à Stavsnäs.

Mes parents se regardent. Je sais ce qu'ils se disent.

– Tu… tu crois qu'il lui est arrivé quelque chose ? bredouille maman.

– Je n'en sais rien.

Papa hésite un instant, puis il ajoute tout bas :

– C'est le troisième à disparaître cet automne. Je ne crois pas qu'il y ait jamais eu autant d'accidents en mer, par ici. D'abord Kalle Södergren, ce pauvre homme de Möja qui est passé par-dessus bord, et puis la femme d'Utö, dont le bateau a échoué. Tu te souviens ? Il a été retrouvé à l'envers, avec un gros trou dans la coque.

– Ils ont tous été signalés comme disparus ?

– Je ne sais pas.

Je jette un œil à maman, me doutant qu'elle pense à Axel. Je parie qu'elle se dit qu'on aurait dû tout raconter à papa dès qu'on est rentrées, lui dire que la police a voulu m'interroger. Mais elle ne voulait pas gâcher sa bonne humeur.

J'observe papa. Je ne lui ressemble pas du tout, ni à maman d'ailleurs. Lui est petit et costaud, il a le teint hâlé à force d'être dehors et le dos voûté. Maman, elle, se tient droite comme un i. Elle est grande, mince, presque nerveuse, avec une épaisse natte grise qui lui tombe à la taille.

Maman est habile de ses mains. Elle retire les arêtes du poisson avec des gestes décidés et précis. Ça lui vient de son métier d'infirmière.

Je prends un bout de morue et mastique lentement la chair entre mes dents.

Chez nous, il n'existe qu'un portrait de famille de l'époque où j'étais bébé. Sur la photo, papa est mince, avec les cheveux longs et encore bruns. Il sourit d'un air insouciant. Son front est lisse, dépourvu des rides qui le creusent aujourd'hui. Maman, sa chevelure d'ébène lâchée dans le dos, me serre dans ses bras d'une manière qui ne me rappelle rien. Moi, je ne suis qu'une petite boule au visage froncé, agitant les poings.

– Jacobsson va bientôt revenir, assure maman. Ce n'est certainement pas aussi grave qu'on le croit. Ça n'a sans doute rien à voir avec ces pauvres gens qui se sont noyés.

Je me demande si elle croit ce qu'elle raconte.

8

Après le dîner, maman me demande de promener Bellman, notre chien. Papa est affalé dans le canapé, devant la télé. Je ne suis pas sûre qu'il prête attention à ce qu'il regarde.

Au moins, il ne boit pas. J'y pense souvent quand les semaines s'enchaînent sans qu'il ait de travail. Par ici, beaucoup de gens boivent. Plus l'hiver est long, plus ils ont les yeux injectés de sang et sentent bizarre. Personne n'en parle, mais tout le monde sait ce que ça veut dire.

Bellman arrive à pas feutrés dans l'entrée pendant que j'enfile mes chaussures. J'aurais préféré rester à la maison, parce que je n'ai pas envie d'être toute seule dehors à cette heure, mais il ne servirait à rien de protester.

En cette saison, l'île est déserte et lugubre. Nous sommes très peu à vivre à Harö toute l'année, trente-cinq personnes au maximum. La plupart des habitations sont vides, des maisons de vacances aux rideaux tirés, plongées dans l'obscurité.

Dans la nuit noire, je marche lentement derrière Bellman. Lui gambade déjà. Il cherche partout, flairant les arbres un à un et gémissant à chaque nouvelle odeur qui lui chatouille la truffe. Le voir si content de pouvoir courir partout me soulage un peu.

C'est un client de papa, il y a quelques années, qui lui a donné un chiot pour le remercier d'avoir repeint sa clôture. Quand j'ai vu papa arriver à la maison avec le petit animal dans un vieux panier, je pensais que maman dirait non. Mais elle a regardé le chiot d'un air attendri, elle l'a laissé lui léchouiller la main et nous a demandé comment on voulait l'appeler.

Au début, j'ai dû insister pour avoir le droit de sortir avec Bellman. Maman ne me faisait pas confiance, après ce qui s'était passé avec Taube, le chien d'avant. Maintenant, c'est surtout moi qui le promène et lui donne à manger. Il m'obéit plus qu'à papa.

En voyant que Bellman veut fouiner dans les plates-bandes d'Ingvar, notre voisin, je tire sur sa laisse. Comme mamie et maman, le vieil homme est né sur cette île. Je ne sais pas quel âge il peut avoir, mais pour moi il a toujours été ridé et voûté, les mains couvertes de gros grains de beauté.

Je lève les yeux vers la maison pour voir si le voisin a remarqué Bellman. Aussitôt, je m'aperçois dans la fenêtre.

Mon reflet est déformé, mais je reconnais mes yeux vert caca d'oie et ma tignasse blond platine que je laisse toujours détachée pour cacher les cicatrices sur mon cou. Ma main tremble, mais je me force à ne pas les toucher.

Mes sourcils sont si clairs qu'ils sont presque invisibles. J'ai une grande bouche aux lèvres fines, un tout petit nez, presque enfoncé au milieu de ma figure. Et un teint de porcelaine, qui me vaut des coups de soleil dès qu'il y a une éclaircie.

En primaire, les gens m'appelaient « le têtard » ou d'autres surnoms pires encore. J'essaie de ne pas y penser.

Soudain, la porte de la maison s'ouvre. Le vieil Ingvar se tient sur le seuil dans son peignoir usé, à la ceinture effilochée négligemment nouée autour de la taille. Comme toujours, ses doigts tremblent. Maman m'a expliqué qu'il avait les mains abîmées, à force de tremper dans l'eau glacée. Le vieil Ingvar est pêcheur depuis qu'il a arrêté l'école à treize ans.

La lumière qui s'échappe de l'entrée m'éblouit.

– Qu'est-ce tu fais toute seule dans la nuit, jeune fille ?

D'un signe de tête, je montre Bellman qui jappe en remuant la queue.

– La promenade du soir, dis-je tout bas.

– Ne traîne pas, déclare-t-il. Un soir comme celui-là, il vaut mieux rester au chaud.

Il y a quelque chose dans sa voix. Est-ce qu'il pense à Axel ? Est-ce qu'il s'inquiète pour moi ? L'autre jour, il a marmonné qu'il fallait faire attention, qu'il ne fallait surtout pas naviguer après le coucher du soleil.

Les mauvaises nouvelles vont vite dans l'archipel.

– Tu as vu le brouillard de ce matin ? poursuit-il. La brume avalait tout sur son passage. Je n'avais pas vu ça depuis des années…

Il porte son regard vers la mer qui bruisse tout près, juste derrière les pins.

– Sur les îles, quand la météo a quelque chose de surnaturel, il faut rester chez soi, grommelle-t-il. Dépêche-toi de rentrer.

Mais je ne peux pas rentrer tout de suite. Bellman, tout excité, tire sur sa laisse. Nous descendons le petit sentier boisé. Le chien sait exactement où il me traîne : à la mer. Je le comprends. D'habitude, je l'emmène toujours à la plage pour qu'il coure au bord de l'eau et se roule dans le sable. Mais là, je l'arrête en tirant à mon tour fort sur la laisse.

Je n'ose pas m'approcher plus de l'eau.

Bellman gémit d'étonnement, mais je m'accroupis

et il revient lourdement vers moi. Je le prends dans mes bras, enfonçant mon visage dans son pelage. Quelques instants plus tard, il pose sa grosse gueule sur mon épaule. Je ne retiens plus mes larmes.

Mon jean est tout humide, mais je reste là, accroupie. La mer siffle, les vagues se brisent sur le sable. Une odeur d'eau saumâtre et d'algues pourries me vient aux narines. Les images fragmentées des cauchemars qui m'ont hantée ces dernières nuits tournent dans ma tête. Des silhouettes vaporeuses qui me touchent, ma gorge qui pique, non, qui réclame désespérément un peu d'air.

J'enfonce les doigts dans les poils rêches de Bellman et je ferme les yeux. L'animal ne bouge pas. Après un long moment, je me relève et lui caresse le museau.

– Allez viens, on rentre à la maison. Ça suffit pour aujourd'hui.

Tandis que nous nous éloignons, j'entends des buissons frémir derrière nous. Mon cœur cogne dans ma poitrine. Je cours jusqu'à la maison, Bellman à mes côtés, qui aboie joyeusement, croyant que c'est un jeu.

J'espère qu'il a raison.

JEUDI

9

Assise tout au fond de la classe, je gribouille sur un morceau de papier. Je dessine des spirales, encore et toujours.

On devait avoir cours de grammaire, mais Lena, notre prof principale, a décidé de nous montrer un reportage. Elle n'arrive sans doute pas à faire comme si tout était normal, mais ce film ne nous remonte franchement pas le moral : il parle de l'acidification de la mer Baltique. Une succession d'images de paysages recouverts de crasse verte où plus aucun être vivant ne peut subsister.

Des chiffres et des statistiques défilent sur l'écran. Le manque d'oxygène est plus élevé que jamais et le pH a baissé à un niveau record. La mort des fonds marins touche une zone grande comme le Danemark.

Sous la surface de l'eau, la vie s'éteint lentement sans que personne lève le petit doigt.

J'essaie d'écouter parce que je sais que c'est important. Cet été, le dépôt jaunâtre le long du quai était plus épais et visqueux que les années précédentes. Mais les pensées s'agitent dans mon esprit.

J'ai l'impression de ne pas avoir dormi de la nuit. Je me suis assoupie à plusieurs reprises, mais je me réveillais chaque fois en sueur, le cœur battant à cent à l'heure. Mes cauchemars revenaient tout le temps.

Je voyais quelque chose bouger par la fenêtre.

J'entendais des bruits à travers les murs de la maison. Ça venait de la mer. Entre le soupir des vagues et leur déferlement sourd.

Dans le noir, j'avais l'impression que quelqu'un me regardait et murmurait à mon oreille. Si faiblement que je ne distinguais aucun mot.

Mon stylo suit toujours le même mouvement, traçant une spirale dans un cercle fermé. Mais tout à coup, je repose mon stylo et change de position sur ma chaise pour me forcer à écouter la voix du journaliste qui parle d'un ton grave d'eutrophisation, d'émissions de phosphore et d'azote. Toutes ces choses qui risquent de détruire la mer Baltique.

La prof a l'air épuisée. Elle a de grands cernes sous les yeux et les cheveux en bataille. Dans sa main, elle serre un mouchoir.

Jusqu'à quelle heure a-t-elle cherché Axel, hier

soir ? J'ai entendu dire que tous les habitants de l'île avaient participé à une battue. Il paraît aussi que ça a duré toute la nuit. Un avis de recherche a été lancé, je l'ai entendu tout à l'heure à la radio.

Ce matin, je voulais que papa me conduise à l'école pour éviter les petits frères d'Axel et les autres de la classe. Mais comme j'étais en retard, je n'ai pas eu le temps de le lui demander. Je me suis juste dépêchée d'attraper le bateau-bus.

Les frères d'Axel ne sont pas venus, mais ça n'a pas rendu le trajet moins pénible. Hanna a pleurniché tout du long, poussant des petits sanglots aigus comme pour montrer combien elle était malheureuse. Isabelle lui tenait les épaules et séchait ses larmes toutes les deux minutes. Österman, lui, conduisait d'un air grave.

En arrivant sur l'île où habite Rasmus, j'ai fixé mon regard sur le fond du bateau. Je n'ai même pas levé la tête quand il a embarqué, mais je me suis figée encore plus lorsqu'il s'est assis à côté de moi.

Tandis qu'Österman manœuvrait, Rasmus m'a demandé d'une voix assez basse pour que je sois la seule à l'entendre :

– Tu t'appelles Tuva, c'est ça ?

Je ne lui ai pas répondu.

Il n'a rien ajouté, mais je sais qu'il a attendu que

je lui dise quelque chose jusqu'à ce que nous arrivions sur le quai de l'école. Pour la première fois de ma vie, je me suis dépêchée de rejoindre le bâtiment sans jeter un regard derrière moi.

Le reportage enfin terminé, la prof éteint le projecteur. Elle regarde autour d'elle, l'air perdu et ne sachant pas quoi faire, avant de se tourner vers la classe. J'ai l'impression qu'elle m'évite, mais ce n'est sans doute qu'une impression. Enfin, j'espère.

– Il est onze heures et quart, dit-elle. Et si on allait déjeuner ?

Seul le grincement des chaises sur le sol lui répond.

– Parfait, ajoute-t-elle d'une voix rauque, et elle se racle la gorge. On se retrouve ici dans une heure.

10

Tandis que la classe rejoint la cantine, je me dirige vers l'accueil du collège. Il faut que je récupère mon portable : je n'imagine pas la réaction de maman si je lui annonçais que je l'avais perdu.

Devant le bureau du proviseur, quelques adultes discutent, dont Stefan, le prof de sport. Comme hier, il est tout étriqué dans sa veste de jogging Adidas bleue, sauf qu'aujourd'hui elle est couverte de taches boueuses. Ses cheveux roux pendent en mèches sur son visage. Une femme se tient devant lui, bras croisés.

Mon cœur bondit dans ma poitrine dès que je vois que c'est Marianne, la mère d'Axel. Son épaisse chevelure brune est balayée par le vent, mais ça n'a pas l'air de la gêner. Elle a le regard noir et le visage couvert de petites marques rouges. Elle parle fort en s'agitant, comme si elle ne tenait pas en place.

En me voyant passer à côté, Marianne s'interrompt. Je l'entends respirer nerveusement. Je baisse la tête pour éviter son regard et me faufile par la porte de sortie.

Quand j'arrive en bas de l'escalier, mon cœur cogne. Je prends le premier sentier sans réfléchir à où il mène, sentant que je dois m'éloigner d'ici le plus vite possible. Je n'entends pas les bruits de pas derrière moi, mais soudain quelqu'un me tapote l'épaule. C'est Rasmus.

Il n'est pas comme d'habitude. En temps normal, il déborde d'énergie, mais là, il semble abattu, comme éteint. Il a le teint livide et de grands cernes sombres sous les yeux.

Des feuilles dorées tombent à terre. La rosée dégoutte des branches d'arbres qui s'étirent derrière lui. Je voudrais lui dire quelque chose, le rassurer, peut-être même le prendre dans mes bras. Mais cette situation est vraiment trop gênante. Je me contente d'un :

– Oui ?

En entendant le ton sec de ma voix, j'ai mauvaise conscience. Rasmus fait la même tête que si je l'avais frappé.

– J'ai ton téléphone, dit-il en me tendant mon portable. Je peux te parler ?

En ce moment, Rasmus devrait être à la cantine avec les autres. J'ai envie de lui tourner le dos et de m'en aller, mais quelque chose m'en empêche.

Les lucioles dans la forêt, le bruit de la mer… Rasmus était là, lui aussi. Il est le seul à pouvoir me dire que je n'ai pas perdu la tête.

Frottant ma semelle sur le chemin jonché d'aiguilles de pin, j'hésite une seconde puis déclare :

– Allons à la bibliothèque. On sera tranquilles là-bas.

Et je pars aussitôt, avant de risquer de changer d'avis.

Même si la bibliothèque est déserte, je vais jusqu'aux étagères du fond. Je me retourne : Rasmus est bien derrière moi. En chemin, je n'ai pas regardé une seule fois par-dessus mon épaule. Aurais-je été soulagée ou déçue, s'il ne m'avait pas suivie ?

Ça sent la poussière et les vieux livres.

Aucun de nous ne dit un mot. Je laisse mes cheveux tomber sur mon visage, encore plus que d'habitude. Ils sont tout emmêlés, mais ça cache mes cicatrices.

– Tu sais où est Axel ? me demande Rasmus.

– Non !

Ma voix est plus forte que je le pensais. Je me dépêche d'ajouter d'un ton calme :

– Bien sûr que non.

Est-ce qu'il me croit ? Je n'arrive pas à lire quoi que ce soit sur son visage triste et fatigué, alors que c'est très important : je ne veux surtout pas qu'il me prenne pour une menteuse.

– Promis, je n'ai rien fait.

Derrière Rasmus, se trouve un chariot plein de livres attendant d'être rangés. Comme je n'ose pas croiser son regard, je fixe la couverture d'un des tomes de *Twilight*, en haut de la pile.

– Je sais, soupire-t-il d'un ton désespéré. En fait, je… j'espérais que tu saurais quelque chose. Qu'hier tu… tu aurais vu quelque chose.

– J'aimerais bien, dis-je, mais je n'ai pas vu Axel. La seule personne que j'aie vue, c'est toi.

J'avale ma salive puis lui demande :

– Tu t'en souviens ?

Rasmus secoue la tête.

Il m'a toujours semblé assez petit à côté d'Axel, mais là je constate qu'il est très grand. Il fait bien vingt centimètres de plus que moi et je dois lever le menton pour le regarder dans les yeux.

– Non. Tout ce que je me rappelle, c'est… Mais je ne sais pas si…

Il ferme les yeux quelques secondes. Je me doute

de ce qu'il va dire avant qu'il rouvre les yeux et reprenne :

– Tu les as vues ?

Ces mots me soulagent énormément. Je lui réponds tout de suite :

– Oui. Moi aussi, je les ai vues.

11

Rasmus laisse son regard errer à travers la fenêtre de la bibliothèque. Une ombre passe sur son visage.

Même si je tourne le dos à l'extérieur, je sens la proximité de la mer et j'entends le chuchotement des vagues. C'était mon idée, de venir ici, mais je me demande si de toute façon Rasmus n'aurait pas voulu éviter que les autres nous voient discuter.

– C'était quoi ? demande-t-il après un moment.

– Je ne sais pas.

Il doit voir que ce n'est pas tout à fait vrai, parce qu'il insiste :

– Mais à ton avis ?

Je tire l'ongle fendu de mon pouce. D'habitude, j'ai de beaux ongles bien épais, mais cette nuit je les ai rongés. *Le sol de la bibliothèque aurait besoin d'être nettoyé*, me dis-je en voyant les traces de semelles crasseuses entre les étagères. En guise de réponse, je lui demande :

– De quoi tu te souviens ?

– De pas grand-chose, répond-il. On allait vers la mer pour essayer de trouver la balise numéro 11. D'après Axel, c'était la plus proche. Il est parti en courant et je l'ai suivi.

Rasmus a un accroc dans son jean, juste au-dessous du genou.

– Ensuite, j'ai entendu quelque chose, ajoute-t-il en me regardant droit dans les yeux.

Au milieu de son visage livide, ses pupilles ressemblent à des petites têtes d'épingle noires.

– Ça venait de la forêt. Axel était un peu plus loin devant moi, mais je me suis arrêté pour écouter. Et alors, il y a eu…

Il ferme les yeux et fronce légèrement les sourcils.

– Tout est si vague. Je sais qu'il s'est passé quelque chose, mais je ne sais pas quoi, tu comprends ? C'est comme après un rêve, quand tu te réveilles et que tu ne sais plus ce qui s'est passé, mais tu ressens toujours les choses.

Je reste silencieuse.

– Désolé, fait-il. Je ne voulais pas te faire peur.

Il émet un petit rire forcé.

– T'inquiète, dis-je.

Ma voix tremble. J'avale ma salive, avant de me lancer :

– C'est juste que… je connais ça, tu sais. Depuis quelques semaines, je fais de drôles de rêves.

Tout en parlant, je ne peux pas m'empêcher de triturer mon ongle abîmé.

– Chaque nuit. Quelque chose ne va pas, je le sens, c'est effrayant. C'est la mer. Comme si un danger se cachait, là, au fond de l'eau.

Je pense au vieil Ingvar qui me conseillait de rester chez moi. Et à ce que papa a dit hier sur Jacobsson. *Le troisième cet automne…*

– Comment ça ? Tu crois que c'est dangereux parce que tu fais des rêves chelous ?

Rasmus a l'air étonné.

– Non, pas à cause de ça, dis-je d'un ton sec. Mais parce que quelque chose se cache. Dans la mer.

– Pas la peine de t'énerver.

Mes joues s'embrasent et je ferme les yeux. Je le déteste. Je savais que je n'aurais pas dû lui parler. Rasmus est comme tous les autres de la classe, il est l'un des leurs, j'en étais sûre. Comment ai-je pu être assez naïve pour lui raconter tout ça ?

Je ne rouvre les paupières qu'en sentant sa main sur mon bras.

– Je te crois, dit-il, l'air grave.

– Quoi ?

Rasmus semble aussi surpris que moi.

– Je pense que tu as raison.

Face à sa mine désolée, je m'en veux d'avoir perdu mon sang-froid.

– Hier, je pense que quelque chose est arrivé, reprend-il. À Axel. Quelque chose de… d'inexplicable.

Il esquisse un sourire prudent.

– Si j'ai pu être hypnotisé dans la forêt, alors un truc peut très bien se planquer dans l'eau. Et il a pu arriver quelque chose à Axel.

Ses lèvres frémissent et son sourire disparaît aussitôt. J'avale ma salive.

– Les lumières… dit-il. Tu crois que ça venait de la mer ?

Je n'ose pas lui répondre, même si j'ai mon idée sur la question. Hier soir, dans ma chambre, j'ai fait des recherches sur Internet. J'ai lu tout ce que j'ai pu trouver sur Google, jusqu'à en être étourdie et devoir refermer mon ordinateur.

– Non, dis-je finalement. Je pense que c'était autre chose.

Dehors, une mouette pousse un cri aigu. Ce hurlement plaintif me donne la chair de poule.

– C'étaient des elfes, dis-je tout bas. Je crois que ces lumières étaient des elfes.

Maintenant que je l'ai exprimée, cette idée me paraît complètement folle. Je voudrais retirer ce que je viens de dire, expliquer à Rasmus que je plaisantais, mais il a l'air soulagé.

– Oui, murmure-t-il. C'est aussi ce que je pense.

– Hier, avant de me coucher, j'ai cherché sur Internet. Apparemment, il y a souvent du brouillard quand… quand les elfes apparaissent.

Je bute sur les mots.

– J'ai lu qu'ils attiraient les gens dans la forêt. Pour les emprisonner.

– Les elfes, ça n'existe pas, articule Rasmus comme s'il récitait une incantation.

– Sauf qu'on en a vu, hier, remarqué-je.

Il pince ses lèvres et enfouit ses mains dans ses poches.

– Heureusement que tu étais là, dit-il.

– Parce que je les ai vus, moi aussi ?

Il me regarde d'un air troublé.

– Non, murmure-t-il. Parce que tu les as arrêtés.

C'est vrai. Je revois les petites créatures lumineuses qui dansaient devant moi. Et le visage d'un des elfes, le plus grand, celui qui a croisé mon regard, celui qui m'a entendue leur crier : « Dégagez ! »

– Tu crois que… ?

Rasmus s'interrompt. La voix chevrotante, il reprend :

– Tu crois qu'ils ont enlevé Axel ?

– Je ne sais pas. Il n'était pas là quand je t'ai vu. Tu étais seul à ce moment-là.

Du bout de l'index, Rasmus gratte le dos d'un livre rangé sur l'étagère. Le léger crissement hérisse les poils de ma nuque.

– Sur Google, tu as trouvé ce qu'ils font quand ils enlèvent quelqu'un ?

Je voudrais lui mentir, lui dire quelque chose de réconfortant. Mais je ne peux pas, parce qu'il doit connaître la vérité. Je bredouille, restant quand même vague :

– J'ai lu toutes sortes d'informations.

– Mais ils ne rendent jamais leur victime, hein ?

– Non, dis-je tout bas.

Nous entendons des voix s'approcher dans le couloir, puis s'éloigner peu à peu. Aucun de nous ne brise le silence qui s'épaissit.

– La police t'a interrogée hier ? me demande enfin Rasmus.

– Oui, et toi ?

Son regard est plein d'amertume.

– Le blond m'a demandé si je m'entendais vraiment bien avec Axel, si on ne s'était pas disputés ou un truc du genre. Même s'ils me prenaient pour un débile, j'ai très bien compris qu'ils pensaient que je lui avais fait quelque chose. Le pousser à l'eau, par exemple.

– Moi aussi, j'ai eu l'impression qu'ils me soupçonnaient. Qu'ils croyaient que c'était moi qui l'avais tu…

J'essaie de retenir les mots qui s'échappent de ma bouche. Mais Rasmus en a entendu assez :

– Peut-être qu'il n'est pas mort, murmure-t-il.

Ça me brûle partout tant j'ai honte. Mes joues sont en feu.

– Pardon, chuchoté-je.

Après un long silence terriblement gênant, Rasmus me demande :

– Tu as parlé des petites lumières à la police ?

– Non, non, dis-je en secouant fébrilement la tête. Ils ne m'auraient pas crue, de toute façon.

– C'est sûr, dit Rasmus avec un sourire embarrassé. Moi non plus, je n'ai rien raconté.

Nous partageons donc un secret.

– Mais hier… ajoute-t-il en regardant par terre. Quand l'infirmière a pris ma température, tâté mon pouls et tout ça, j'ai failli tout lui raconter. J'étais tellement ailleurs…

Il passe la main dans ses cheveux, mais ses mèches rebelles se redressent aussitôt.

– Je suis content de n'avoir rien dit, finalement… elle aurait cru que j'étais cinglé.

Il pousse un soupir.

– Peut-être que je le suis, en fait…

Il m'interroge du regard.

– Mais non, tu n'es pas cinglé.

Nous entendons Lena annoncer dans le couloir que le cours reprend.

– Si on arrive en retard, ils vont envoyer une patrouille à notre recherche, dis-je avant de me retourner.

– Attends ! lance Rasmus. Je peux avoir ton numéro ?

– Pourquoi ?

Il a l'air timide, tout à coup.

– Pour qu'on puisse discuter. De cette histoire, bredouille-t-il.

Je lui dicte mon numéro et il l'enregistre dans son portable.

– Je t'envoie un texto tout à l'heure, dit-il en glissant l'appareil dans sa poche. Pour que tu aies le mien.

Nous sortons de la bibliothèque. Je monte les marches quatre à quatre pour arriver en classe quelques secondes avant Rasmus. Il ne faut pas que les autres se doutent qu'on a passé la pause déjeuner ensemble. Je sais très bien que Rasmus ne veut pas que ça se sache, et je préfère qu'il n'ait pas à me le dire.

12

Je n'ai jamais aimé rendre visite à mamie Gerd. Elle habite de l'autre côté de l'île, à presque vingt-cinq minutes à pied de chez nous. Maman lui apporte à dîner tous les trois jours. De temps en temps, je prétends que j'ai trop de devoirs pour y aller et chaque fois maman a l'air soulagée. Si aucune de nous n'apprécie ce moment, je ne comprends pas pourquoi elle insiste pour que je l'accompagne.

Aujourd'hui, quand elle me dit qu'il est l'heure d'y aller, je n'ai pas la force de protester. J'enfile le gros pull que ma tante m'a rapporté l'automne dernier de Kiruna, dans le Grand Nord. Dehors, il fait un froid glacial, bien plus que d'habitude à cette période de l'année. Je marche à vive allure, le menton enfoncé dans mon écharpe.

Dès que je passe le pas de sa porte, mamie me fait une remarque :

– Tu n'as pas grandi depuis l'année dernière, ma fille ? Tu portes le même chandail… dit-elle d'un ton accusateur comme si je faisais exprès d'être petite, juste pour la contrarier.

Elle et maman sont toutes les deux grandes et minces. Mamie a les cheveux blancs et courts, et le visage tout ridé. Il lui manque quelques dents sur la gencive supérieure, et les autres sont noires et acérées. Un jour, après quelques verres de vin, maman a raconté que c'était parce qu'elle chiquait du tabac depuis très longtemps.

– Bonsoir, dit maman en lui donnant une petite tape sur l'épaule.

Tandis que j'accroche mon blouson, je me dis que j'aurais aimé que papa nous accompagne. C'est toujours plus facile quand il est là, mais il a eu un travail de dernière minute – vider des toilettes sèches ; donc, il ne pouvait pas.

Ce soir, c'est juste moi, maman et mamie Gerd. Personne ne s'attend à ce que je l'embrasse, mais elle m'observe de haut en bas. Son regard s'attarde un instant sur mon cou.

– J'ai entendu parler de la disparition du fils Sundin, déclare-t-elle.

Aussitôt, maman se raidit.

– Oui, c'est tragique, commente-t-elle d'une voix monocorde.

Son visage est inexpressif, mais elle ne cesse de tripoter son alliance.

– Qu'en dit la police ? demande mamie en me fixant, alors qu'elle parle à maman.

Je me demande si maman va mentionner l'interrogatoire que j'ai subi à l'école ou si mamie est déjà au courant. On dirait que maman se pose la même question.

– Ils continuent à le chercher, répond-elle un peu trop tard. Ils ont fait une battue toute la nuit avec des chiens de patrouille, mais Axel reste introuvable. Ses pauvres parents…

Mamie, assise sur son déambulateur, hoche la tête. Il y a quelques années, elle s'est cassé le col du fémur, et depuis elle a du mal à marcher. Elle est toujours habillée pareil : un jean trop grand pour elle et un gros pull en laine, du même style que le mien.

– Les gens tombent à l'eau, déclare-t-elle de but en blanc. C'est toujours arrivé dans l'archipel. Enfants ou adultes, les gens tombent à l'eau et ne reviennent jamais.

J'ai l'impression de recevoir un coup. Je n'arrive pas à me libérer du regard perçant de mamie, mais je devine du coin de l'œil que maman prend quelque chose dans ses mains.

– Je vais réchauffer le dîner, dit-elle en montrant

le plat contenant le gratin de pâtes que papa a préparé.

Ne me laisse pas seule avec mamie ! la supplié-je en moi-même, mais elle va dans la cuisine. Je suis si mal à l'aise que ça me pique de partout.

– Alors ? fait mamie d'un air inquisiteur.

Je ne dis pas un mot. Voyant que j'ai toujours mes chaussures aux pieds, je me baisse pour défaire les lacets.

Maman s'affaire dans la cuisine : je l'entends mettre en marche le micro-ondes qu'on a offert à mamie il y a deux ans, quand on a déménagé au nord de l'île et que maman ne pouvait plus venir lui faire à manger tous les jours.

– C'était toi ? me demande mamie à voix basse.

Je sais qu'elle murmure pour que maman ne l'entende pas et que ça reste entre nous. Elle me fixe de ses yeux gris clair.

– De quoi ? dis-je en essayant d'éviter son regard.

– Le fils Sundin.

Elle me dévisage longuement, sans cligner des paupières. Elle attend. Un serpent qui guette sa proie.

– Bien sûr que non ! Je n'ai rien fait.

Ma voix fluette sonne faux.

Mamie se redresse un peu et joint les mains sur ses genoux. Elle pousse un long soupir plaintif.

– Si tu le dis.

J'essaie de l'ignorer en retirant mes chaussures le plus lentement possible.

– Le repas est prêt ! lance maman.

Mamie, appuyée sur son déambulateur, traîne les pieds vers la cuisine. J'attends qu'elle y soit pour entrer dans la pièce.

– Tu diras à Peder que c'est bon, déclare mamie Gerd en prenant un morceau de gratin.

– Je n'y manquerai pas, répond maman.

Elle ne s'est servi qu'une petite part et n'y a presque pas touché. L'évier déborde de vaisselle sale et une vieille chique est restée sur le rebord. En général, maman profite de son passage pour tout nettoyer.

– Au fait, comment va-t-il ? demande mamie. Il a du travail ?

Elle a un petit morceau de brocoli coincé entre deux dents noires.

– Ça va, répond maman en picotant le gratin du bout de sa fourchette.

Même si je n'ai jamais aimé les pâtes, je reprends une bouchée. Après l'accident, je ne pouvais plus être allaitée et, d'après maman, je refusais qu'on me nourrisse de pain ou de riz. Quand j'étais petite, tout ce que je voulais bien avaler, c'était de la purée de thon et de saumon. Maintenant, j'ai appris à manger un peu de tout, mais je suis toujours difficile. Je trouve même que le poisson que papa achète au supermarché, quand il n'a pas le temps d'aller lui-même à la pêche, n'est pas bon. Il a un arrière-goût de terre et de fer.

Je coupe le gratin en petits morceaux. Tout en picorant dans mon assiette, je glisse ma main dans la poche de mon jean et tâte mon téléphone. Le métal est froid contre le bout de mes doigts. Je n'ai pas encore ouvert le SMS que Rasmus m'a envoyé tout à l'heure, mais le contenu était affiché sur l'écran : « Voici mon numéro. »

C'est le premier message que je reçois de quelqu'un d'autre que mes parents. Si j'ai un téléphone, c'est juste pour qu'ils puissent m'appeler en cas de problème.

Une odeur de moisi s'échappe de la poubelle sous l'évier.

– Et comment ça se passe pour Tuva, à l'école ? demande mamie.

Quand maman est dans la même pièce, mamie ne s'adresse quasiment jamais à moi directement.

– Ça va, répond maman. Elle a de bonnes notes.

La troisième de la classe, pour être précise. Mais si je le lui disais, mamie me répondrait par un grognement. Un jour, j'ai demandé à papa pourquoi elle ne m'aimait pas. Il m'a assuré que ce n'était pas vrai, que je m'imaginais des choses, que mamie Gerd était une vieille femme et que les personnes âgées pouvaient être ronchons.

Une réponse fausse. Je suis sûre qu'il n'y croyait pas lui-même.

– Je me suis souvent posé la question quand tu étais bébé, reprend mamie.

Il me faut quelques secondes pour comprendre qu'elle me parle.

– Je me disais que l'école ne serait pas facile pour quelqu'un comme toi…

– MAMAN ! s'écrie la mienne, et elle se lève d'un coup, ébranlant la table.

Un lourd silence s'installe.

Je me recroqueville en regardant maman : elle a l'air furieuse. Mamie, elle, pince les lèvres. Sa voix résonne encore dans mes oreilles.

Maman reste debout une bonne minute avant de tirer la chaise et de se rasseoir. Mamie se remet à manger comme si de rien n'était, en mastiquant bruyamment.

– J'espère qu'ils retrouveront vite le fils Sundin, dit-elle quelques instants plus tard.

Elle a l'air impassible, comme si elle parlait de la pluie et du beau temps ou de la cueillette des champignons.

– Avant qu'il soit trop tard, ajoute-t-elle.

Cette fois, je sens qu'elle s'adresse à moi.

13

J'entends mamie Gerd refermer la porte derrière nous. Maman marche à grands pas dans ses bottes en caoutchouc, devant moi, et je dois trottiner pour la suivre. Elle traverse les bois, le plat à gratin vide sous le bras, sans faire attention à moi.

– Attends-moi ! dis-je.

Elle piétine les cailloux et les racines sans ralentir, se frayant un chemin entre les pins. Sa longue tresse argentée se balance dans son dos.

Je m'écrie :

– Mamaaan !

La force de mon hurlement me choque presque. Elle s'arrête, mais elle ne se retourne pas.

Soudain, je sens qu'il fait terriblement froid. Mes orteils commencent à s'engourdir. Dans la nuit noire, seul un halo de lumière s'échappe de la lampe de poche de maman.

– Dépêche-toi, dit-elle sans me regarder. Il faut qu'on rentre, quelqu'un doit promener Bellman ce soir.

– Qu'est-ce que mamie voulait dire ?

Les branches d'arbres trempées craquent, agitées par le vent.

– Qu'est-ce qu'elle voulait dire par « quelqu'un comme toi » ?

Maman se retourne alors, mais dans l'obscurité je ne vois pas son visage. Je ne distingue qu'une ombre sans expression. Je regrette aussitôt ma question. La peur de ce que peut être la réponse devient plus grande que l'envie de savoir.

En plus, un autre sentiment m'envahit : dehors, nous ne sommes pas en sécurité. J'entends le bruissement de la mer et le fracas des vagues qui se brisent sur les rochers, là, juste en bas.

– Certaines questions ne doivent pas être posées, Tuva, déclare doucement maman.

Sa voix est si désespérée que ma curiosité s'évanouit. Quand maman lève soudain la main, je suis paralysée de peur à l'idée de ce qu'elle pourrait faire, mais elle me tapote tendrement la joue. Sa paume est râpeuse contre ma peau.

Puis elle se remet en marche. Même si mes jambes sont lourdes comme du plomb, je m'élance derrière elle. Je me force à lever les talons, mettre un pied devant l'autre et garder le rythme jusqu'à la maison.

VENDREDI

14

– Bellman !

Ma voix ressemble au cri du corbeau. Il est tôt, tellement tôt que le soleil ne s'est pas encore levé. Je suis sortie avec Bellman faire une petite balade matinale avant l'école et, pour me convaincre qu'il n'y avait aucune raison de s'inquiéter, je l'ai emmené à la plage.

Bellman fait des bonds au bord de l'eau. Le ciel est gris, la mer, sombre et brillante à la fois. Dans l'air gelé, je respire à petits coups par le nez.

Il n'y a pas de quoi avoir peur, me dis-je en enfonçant les mains dans mes poches. Tout ça, c'est mon imagination, le fruit des cauchemars qui perturbent mon sommeil.

Mais la panique gonfle mes veines lorsque je vois Bellman aller plus loin pour laper l'eau de la mer.

Il faut qu'il s'éloigne, on doit partir d'ici. Tout de suite !

Une odeur infecte s'échappe des fonds marins et se répand vite partout. Un mélange de varech et d'algues pourries, qui me fait penser à du poisson mort ou à des plaies purulentes. Quelque chose scintille dans l'air, comme des petits points lumineux.

Je m'écrie :

– Bellman !

Ma voix aiguë perce l'air cristallin.

– Au pied ! Il faut rentrer !

Mais le chien ne m'écoute pas. Il croit que c'est un jeu et s'éloigne encore, en remuant joyeusement la queue.

Je devrais aller le chercher, le prendre par le collier, mais je ne peux pas. Je suis comme paralysée, mes jambes n'obéissent pas à mon cerveau.

– BELLMAN !

La peur m'étourdit. Quelque chose attire mon chien dans l'eau, je le sens. D'une seconde à l'autre, il va disparaître, là, sous mes yeux.

La puanteur est de pire en pire, et ma vue se brouille. À travers un voile de brume, je vois quelque chose scintiller et une vague rouler vers le rivage. L'écume jaillit sur Bellman, noyant sa queue et trempant son pelage à hauteur du garrot.

Le chien se met alors à aboyer.

Il aboie de toutes ses forces, le corps contracté et

la queue dressée. Avec une aspiration, la vague se retire. Les grognements agressifs de Bellman résonnent dans la brume matinale. Je ne l'avais jamais entendu aboyer comme ça.

Puis il se tourne et revient vers moi. Il arrive en tirant la langue, du sable plein les poils. Dès qu'il est assez près, je le saisis par le collier pour le secouer.

– Mauvais chien ! Ne recommence jamais ça, Bellman !

Je le gronde, mais ma voix tremble de soulagement. Sans me soucier d'être mouillée, je le serre dans mes bras.

Mon regard est attiré par la mer, maintenant lisse et calme. L'odeur a disparu et la brume s'est levée. Dans l'air limpide, je ne vois plus les points lumineux.

À l'instant, j'étais persuadée que quelque chose bougeait au loin, mais tout a l'air normal désormais. La petite plage de sable où je me baigne depuis que je suis petite s'étend devant moi. Des tas d'algues se forment sur les rochers mouillés. Aux premiers rayons du soleil qui apparaissent dans le ciel, je sens mon estomac se dénouer.

– Qu'est-ce qu'il a fait, encore ? demande une voix derrière moi.

Je sursaute et me retourne : c'est le vieil Ingvar qui marche lentement sur la plage. Sa casquette en feutre vert est tellement enfoncée sur sa tête que la visière cache presque ses sourcils. Son menton est piqué de poils naissants argentés.

– Il jouait au bord de l'eau, dis-je, et il s'est fait surprendre par une vague.

Le vieil homme observe le pelage trempé et constellé de sable de Bellman.

– Eh ben, fait-il, j'imagine que ta mère ne sera pas ravie de le retrouver dans cet état.

Je n'ai pas parlé avec maman depuis hier soir, quand on est rentrées de chez mamie.

– C'est sûr, dis-je.

– Tu ne devrais pas être à l'école, à cette heure ?

– Le bateau-bus passe dans une demi-heure.

– Il faut que tu sois prudente, tu sais, déclare le vieil Ingvar, en regardant la mer et en pointant le menton vers les vagues.

Il est si ridé que je n'arrive pas à déterminer l'expression de son visage.

– Avec Bellman ?

L'animal, que je tiens toujours par le collier, est tranquillement assis et attend.

– Avec la mer, rectifie Ingvar. Jacobsson n'a toujours pas refait surface, ni son bateau, d'ailleurs.

Le vieil homme secoue la tête et ajoute en murmurant :

– Il aurait dû savoir, lui qui est né sur l'île.

Savoir quoi ? Je voudrais lui poser la question, mais je n'ose pas.

Ingvar observe le soleil levant, une boule pâlotte qui monte dans le ciel. Il ne va pas faire chaud, aujourd'hui.

– Ils sont déjà venus par ici, ce n'était qu'une question de temps avant qu'ils reviennent.

Ma bouche est tellement sèche que j'ai du mal à prononcer les mots :

– Qui ça ?

Ingvar fronce les sourcils. Le vieil homme voûté me dépasse à peine.

– Les Russes, évidemment, répond-il. Crois-moi, ce sont eux qui font disparaître les gens. Ils ont déjà sévi dans l'archipel, autrefois.

Il lâche un croassement et je ne comprends que quelques secondes après que c'est un rire. Le vieil Ingvar me fait marcher.

Soudain, il retrouve son sérieux.

– Mais tu le sais qu'en mer il faut être prudent, non ? reprend-il en fixant l'horizon.

L'eau s'étend devant nous comme une nappe de pétrole.

– J'ai entendu dire qu'un de tes petits camarades avait disparu, marmonne-t-il. Ne t'approche pas de l'eau quand il fait noir. Crois-moi, c'est plus prudent.

Et il s'en va. Bellman gigote nerveusement sur le sable tandis que je regarde le vieil homme s'éloigner dans la forêt.

15

En montant dans le bateau-bus, Rasmus s'est assis sur le banc devant moi. Hanna, installée à côté, bavarde à son oreille, mais je n'arrive pas à entendre ce qu'elle lui dit ni ce qu'il répond. Quand il se redresse, je sens mon portable vibrer dans ma poche. Je sors prudemment l'appareil et jette un œil sur l'écran.

« On se voit à midi ? »

J'examine la nuque de Rasmus, puis appuie sur « Répondre » et écris : « OK. »

Je l'observe du coin de l'œil jusqu'à ce qu'il ressorte son téléphone et lise mon message.

Lorsque Österman tourne vers le ponton de l'école, du gel scintille sur les bittes d'amarrage. Dès qu'il coupe le moteur, le ronronnement sourd s'éteint.

Un bateau de la police est garé un peu plus loin et des agents en uniforme, deux hommes que je n'ai jamais vus, discutent avec deux profs et les parents d'Axel. Je regarde le visage de Marianne : elle a les lèvres pincées et ne dit pas un mot. Je ne l'ai jamais vue se taire aussi longtemps. L'une de ses mains est couverte d'un gant mais l'autre est nue, alors qu'il fait zéro. Ses poings qui s'ouvrent et se referment sans cesse ont l'air indépendants de sa personne.

Je me dépêche de débarquer et de suivre les autres, tête baissée. Nous entrons en classe et nous installons, moi à ma place au fond, dans un coin de la pièce. J'étouffe dans mon blouson. Je le retire vite et l'accroche négligemment au dossier de ma chaise, mais des gouttes de sueur perlent déjà sur mon front. Je ne peux pas m'empêcher de jeter un œil par la fenêtre, pour voir si les parents d'Axel discutent toujours avec la police.

Lena se tient près du tableau noir, une craie à la main. Elle porte des bagues à presque tous les doigts. Elle a ce genre de visage qu'on oublie dès qu'on ne l'a plus sous les yeux, malgré un long nez dont on devrait se souvenir.

La prof se racle la gorge pour demander le silence.

– Je sais que ces derniers jours ont été difficiles, déclare-t-elle. Beaucoup d'entre vous sont tristes et effayés. Vous vous demandez sans doute tous où Axel est passé, et il vous manque.

En prononçant le nom d'Axel, sa voix se brise un peu. Elle fixe le sol pour pouvoir continuer :

– À moi aussi, vous savez.

Ses yeux brillent lorsqu'elle braque de nouveau son regard sur nous. J'entends Hanna renifler.

– La police et de nombreux volontaires le recherchent intensément depuis mercredi, et ils vont continuer ce week-end. Si l'un d'entre vous se rappelle quelque chose, il faut le dire tout de suite, à moi ou à la police.

J'ai l'impression qu'elle va me lancer un regard, mais non.

– Deux agents viendront lundi parler avec certains d'entre vous de la disparition d'Axel. J'ai envoyé un e-mail à vos parents pour les prévenir. Si vous avez des questions, venez me voir à la récréation.

Lena se tait un instant. Personne ne dit rien et il n'y a pas un bruit dans la classe, pas même le crissement d'un pied de chaise sur le sol.

– Je vous rappelle aussi qu'une visite médicale est prévue aujourd'hui. Vous irez à l'infirmerie l'un après l'autre, par ordre alphabétique.

La prof joint les mains devant sa poitrine.

– Maria est soumise au secret professionnel. Si vous voulez lui parler d'Axel, n'hésitez pas. Elle ne dira rien, pas même à vos parents.

Elle fait tourner la bague qu'elle porte au majeur,

un anneau serti d'une grosse pierre turquoise. Ses yeux brillent de plus en plus.

– Cette histoire est terrible, c'est une épreuve pour nous tous. Alors je vous demande d'être calmes aujourd'hui, je n'ai pas envie de hausser le ton.

Je vois les autres hocher la tête avant de me rendre compte que j'en fais autant.

– Très bien, conclut Lena en se forçant à sourire. Arvid, reprend-elle, va à l'infirmerie. Les autres, sortez vos livres de grammaire.

16

– Referme derrière toi, s'il te plaît, me dit Maria, et je tire sur la poignée de la porte.

L'infirmière est assise à son bureau. Une affiche avec des lettres de toutes les tailles pour tester la vue est accrochée au mur dans son dos, à gauche. Une balance électronique clignote en dessous, par terre. Je m'installe sur une chaise en bois disposée face à elle.

– Comment tu te sens, Tuva ? me demande Maria avec son grand sourire d'un blanc étincelant.

Une minuscule étoile dorée scintille sur l'une de ses canines. Je la soupçonne d'avoir un piercing au nombril, ce serait bien son genre.

– Bien, dis-je.

Maria baisse les yeux sur ses papiers.

– Ton anniversaire, c'est le 14 décembre, c'est ça ? Tu as bientôt treize ans.

– Mmm…

– Mais je vois que tu es un peu en retard par rapport aux courbes, commente-t-elle avec un rictus.

La petite étoile brille sur sa dent.

– En taille et en poids, je veux dire. On regarde où tu en es maintenant ?

J'étire mes lèvres, grimace qu'elle prend pour un sourire approbateur. Elle me demande de me mettre bien droite contre le mur.

– Un mètre cinquante-quatre. C'est un peu petit pour ton âge, mais tu te rattraperas peut-être l'été prochain ?

Je ne vois pas son visage, mais je suis sûre qu'elle sourit niaisement.

– Monte sur la balance, s'il te plaît.

J'obéis et elle note mon poids. Elle teste ensuite ma vue et mon ouïe, puis prend ma tension. Le brassard qu'elle gonfle en pompant sur un petit ballon me serre fort le bras, mais je ne bouge pas, même si je sens qu'elle attend que je réagisse.

– Bien, Tuva, dit-elle en se rasseyant à son bureau. Tu m'as l'air en forme, juste un peu petite pour ton âge. Pense à boire du lait.

Elle plaisante ou quoi ?

– Tu fais souvent de l'exercice ?

– Je promène mon chien tous les jours. Parfois même deux fois par jour.

– Parfait, dit-elle en gribouillant sur son carnet.

Elle relève ensuite la tête, me fixant de ses yeux bleu clair. Deux billes transparentes qui me scrutent.

– J'imagine que la disparation d'Axel est difficile pour toi, Tuva.

Je hausse les épaules.

– Nous avons un psychologue à l'école, à qui tu peux te confier. Ça te dirait ?

– Non, ça va.

– Tu dors bien, en ce moment ? Tu ne fais pas de mauvais rêves ?

Pourquoi elle me demande ça ?

Maria prend un air compatissant. Elle a les ongles rose nacré, les cheveux brillants et une lueur dans les yeux qui me donne l'impression qu'elle lit dans mes pensées. Comme si la visite médicale n'était qu'un prétexte pour me questionner.

– Si, dis-je tout bas, je fais des cauchemars.

– Ah… Et de quoi tu rêves, si ce n'est pas indiscret ?

Les sourcils haussés et le stylo en main, elle attend une réponse.

– Tu t'en souviens ? ajoute-t-elle. Est-ce que ça aurait quelque chose à voir avec la disparition d'Axel ou… la mer ?

Sa voix sirupeuse me donne des frissons. Je me

lève d'un coup, faisant basculer la chaise en arrière, et me dépêche de lancer :

– Je dois y aller.

Elle observe la chaise sans rien dire. Je la ramasse et la remets à sa place, avant de m'enfuir de l'infirmerie.

17

En boule sur mon lit, je regarde mon portable. Je ne crois pas que j'oserai l'appeler, mais je dois parler avec quelqu'un qui était là, quelqu'un qui a vu ce que j'ai vu.

On n'a pas pu se retrouver à midi, parce que Rasmus a été appelé à l'infirmerie juste à l'heure du déjeuner. Le vendredi, on finit tôt et la pause du midi était notre seule chance de discuter avant le week-end.

L'écran de mon téléphone brille dans la pénombre et la lampe de mon bureau projette de grandes ombres sur les murs de ma chambre. Dehors, il fait déjà nuit noire. On ne voit rien à l'extérieur, mais de l'extérieur on peut tout voir.

Je tape un message maladroit puis parcours ma

liste de contacts jusqu'à trouver « Rasmus collège ». Pourquoi je lui ai donné ce nom ? Je ne connais pas d'autre Rasmus.

« Je peux t'appeler ? »

Du bout de mon pouce moite, j'appuie sur « Envoyer » avant de risquer de le regretter.

Puis j'attends. La réponse arrive en moins d'une minute.

« Bien sûr. »

Rasmus décroche après deux sonneries.

– Allô ?

Je me recroqueville contre le mur et balbutie :

– Salut.

Un silence.

– J'espère que je ne te dérange pas, dis-je timidement alors que je déteste ce ton coincé. Tu faisais quelque chose ?

J'essaie de me racler discrètement la gorge pour m'éclaircir la voix.

– Non, non, t'inquiète. Mes parents ne sont pas là, ils sont partis faire des courses sur le continent.

– Ah, cool.

J'ai beaucoup de choses à dire, mais je ne sais pas comment m'y prendre.

– Tu as vu la mère d'Axel ce matin à l'école ? me demande Rasmus.

Je hoche la tête puis réalise qu'il ne me voit pas. Quelle débile.

– Oui, dis-je.

– Elle n'arrête pas de le chercher. Elle est allée en forêt, en mer, partout. Ils ont même dragué le fond de l'eau autour de l'île.

– Ah oui ?

Si je disparaissais, je me demande si maman me chercherait également sans relâche. Papa, oui, je le sais.

– Je me demandais… reprend Rasmus et je l'entends souffler dans le combiné. On ne devrait pas lui dire ce qui s'est passé ? Lui raconter ce qu'on a vu…

Je serre fort mon téléphone dans ma main moite.

– Je ne sais pas, dis-je après un moment. Tu penses qu'elle nous croirait ?

Il pousse un soupir.

– Je n'en sais rien. Je ne sais rien du tout, en fait. Je me demande aussi si je devrais les aider à chercher. J'y étais, dans la forêt, avec Axel. Je me rappellerais peut-être quelque chose si j'y allais, mais…

Rasmus ne finit pas sa phrase.

– Je comprends, dis-je dans un murmure, en regardant la tapisserie à petites fleurs de ma chambre. Dans un coin, une grande trace d'humidité s'étale.

– Tu crois qu'on devrait faire quelque chose ? ajoute-t-il. Pour les aider.

– Les aider à quoi ? À chercher Axel ?

– Oui, ou au moins parler à quelqu'un. Lundi,

des policiers vont venir à l'école, ajoute-t-il d'une voix angoissée.

Je réplique :

– Parler à la police ? Tu es fou ? Surtout pas !

Mais je regrette aussitôt cet emportement.

– Ils ne nous croiront pas, dis-je d'un ton plus calme, espérant ne pas l'avoir froissé. Qu'est-ce que tu veux leur raconter ? Qu'on a vu une bande d'elfes kidnapper Axel ? Ils penseront qu'on délire ou qu'on leur ment.

J'entends un bruit étouffé dans le combiné, qu'il me faut quelques secondes pour interpréter : Rasmus rit.

– Si je voulais leur mentir, j'essaierais de trouver une histoire plus crédible, glousse-t-il.

Un silence s'installe. J'avale ma salive. Je ne veux pas raccrocher, j'aimerais discuter encore un peu.

– Il te manque ?

Les mots m'ont échappé.

– Oui.

Il n'est plus du tout joyeux.

– Évidemment qu'il me manque.

Je m'en veux de lui avoir posé cette question. Je cherche quelque chose à ajouter, quelque chose de réconfortant.

– Personne n'ose me parler d'Axel, poursuit-il d'une petite voix. Hanna et Isabelle passent leur temps à pleurnicher et à dire qu'il leur manque, mais elles ne me demandent pas comment je vais, moi. Elles veulent juste que je les console.

La frustration s'entend dans sa voix.

– Axel était mon meilleur ami, mais tout le monde s'en fout. Personne ne cherche à savoir ce que je ressens. Parfois, les gens me regardent en croyant que je ne les vois pas, l'air de…

Il trébuche sur ses mots mais conclut :

– … l'air de croire que c'est ma faute.

Je presse le téléphone contre mon oreille et fixe le tableau accroché sur le mur face à moi. Un coucher de soleil aux couleurs rougeoyantes, peint par le grand-père de maman. Il surplombe mon bureau depuis toujours. Axel ne verra sans doute plus jamais de coucher de soleil.

– Je comprends, dis-je.

– Non, tu ne comprends pas.

Soudain, la voix de Rasmus prend un timbre dur et amer. Il est brisé, comme moi à la fin d'une journée d'école, lorsque personne n'a jeté un regard dans ma direction.

– Je t'assure que si, dis-je d'un ton tranchant. Je sais ce que tu ressens.

Rasmus reste silencieux. Je me demande s'il n'a rien à ajouter ou s'il a trop de chagrin pour pouvoir continuer.

Tout à coup, je m'entends dire quelque chose que je n'avais jamais formulé jusque-là :

– Quand j'étais petite, je… je voyais des choses, tu sais. Dans la forêt.

Je n'ai jamais raconté ça à personne et j'ai même essayé d'oublier.

– Des choses qui ne devaient pas être là… Qui ne devaient pas exister.

– Des elfes ? demande Rasmus.

– Non, pas des elfes. Autre chose.

Je voudrais m'arrêter, mais les mots s'échappent de ma bouche.

– Des trolls et des farfadets.

Je déglutis et poursuis :

– J'ai essayé plusieurs fois de le raconter à mes parents, mais ils ne m'ont jamais crue, ils pensaient que j'affabulais. Peut-être qu'ils avaient raison, en fait, je ne sais pas.

Mon regard glisse vers la fenêtre. Il fait trop noir pour voir la mer, mais je sens quelque chose, là-bas, quelque chose qui m'attend.

– Quand j'étais petite, on avait un chien qui s'appelait Taube, dis-je. Je jouais avec lui à la lisière de la forêt, près de chez nous. Un jour, quand j'avais cinq ans, je suis rentrée en courant à la maison : Taube s'était fait mal. Il avait une grande plaie à l'oreille, comme si quelqu'un lui avait donné un coup avec un gros caillou. Ma mère est devenue folle de rage.

Je suis encore chamboulée en y repensant et ma

gorge se noue. Ce souvenir ne s'éteindra donc jamais. J'étais toute petite, mais je me rappelle parfaitement ma peur face à la colère de maman. Je ne l'ai jamais vue aussi furieuse, ni avant ni après. J'ai cru qu'elle allait me battre, ce jour-là.

– J'ai essayé de lui expliquer, de lui faire comprendre que je n'y étais pour rien. C'était une des créatures, là, un troll des bois. Je l'avais vu faire : Taube l'avait effrayé en aboyant et il s'était vengé. Mais plus je m'expliquais, plus ma mère s'énervait.

Mon cœur tambourine dans ma poitrine. Je m'entends raconter cette histoire à Rasmus – je n'y crois pas.

– Maintenant, on a un autre chien. Au début, je n'avais pas le droit de le promener toute seule, alors que l'accident de Taube remonte à des années, j'étais toute petite à l'époque. Mais maman ne me faisait plus confiance. Il a fallu des mois pour qu'elle me laisse jouer avec Bellman, notre nouveau chien, sans me surveiller.

Rasmus reste muet. Je retiens mon souffle en attendant qu'il me réponde. Dans le silence, je cherche désespérément quelque chose à ajouter, n'importe quoi.

– Tu crois que c'est vraiment ce qui est arrivé ? me demande-t-il enfin.

Il n'a pas l'air de douter, mais de chercher à comprendre.

– Je ne sais pas, dis-je honnêtement. Mes parents affirmaient que ce n'était pas possible, que j'inventais cette histoire pour me protéger. J'ai longtemps essayé de me convaincre qu'ils avaient raison.

Je me mords la lèvre inférieure. Le tableau avec ce coucher du soleil luit sous mes yeux. De larges coups de pinceau rouge, orange, jaune chatoyant, et des amas de peinture coagulés sur la toile.

– Mais je n'aurais jamais fait de mal à Taube.

– J'imagine, commente Rasmus d'une voix chaude.

Mes muscles, qui se sont inconsciemment contractés, commencent à se détendre.

– Il faut qu'on fasse quelque chose en tout cas, ajoute-t-il. Si on ne peut pas raconter ce qu'on a vu, il faut qu'on cherche Axel nous-mêmes. On est les seuls à pouvoir le retrouver.

– Oui, murmuré-je dans le combiné. Tu as raison.

18

Je pose mon téléphone et m'allonge, la joue contre mon oreiller. Comme maman fait sécher le linge dehors, même en plein hiver, la taie sent la mer et les algues. Habituellement, j'aime bien cette odeur, mais je me retourne sur le dos pour ne pas la sentir.

Avec Rasmus, on a décidé de se retrouver à l'école demain matin. Un samedi, on devrait être tranquilles là-bas. Je vais demander à papa si je peux prendre le bateau.

J'essaie de ne pas penser au trajet, au fait que je serai toute seule en mer. Un raccourci passe par Kanholmsfjärden, mais la baie est profonde.

Je me demande ce que se dit Rasmus, à l'instant, à propos de mes histoires. Il avait l'air de me croire, mais je ne lui ai pas tout raconté : j'ai vu d'autres apparitions. J'ai fait comme si c'était un souvenir lointain, alors que je me rappelle chacune d'elles comme si c'était hier.

La première fois, je jouais aux Lego devant chez nous, notre ancienne maison près de chez mamie. Je n'étais pas contente parce que les briques, pleines de sable, s'emboîtaient mal. Tout à coup, un petit bonhomme a surgi du bois. Il était minuscule, beaucoup plus petit que moi, le corps noueux et la peau comme de l'écorce d'arbre.

Ça me paraissait tout à fait normal. En remarquant que je l'avais vu, le bonhomme s'est arrêté et a retiré son bonnet. J'ai lâché mes Lego et lui ai fait coucou. Je devais avoir trois ou quatre ans.

Je n'en ai pas vu souvent, des lutins, mais ils ne m'ont jamais fait peur. Ils étaient juste là, et ils ne faisaient rien de méchant. Je les trouvais même mignons. Le troll des bois, par contre, était beaucoup plus sauvage. Il ressemblait à un gros caillou et il se montrait rarement. Je ne l'avais vu que deux ou trois fois, avant l'accident de Taube.

Après ça, je n'ai plus voulu entendre parler de ces créatures. Si un lutin apparaissait, je fermais les yeux et criais que ça n'existait pas, et qu'il devait disparaître. J'ai fini par ne plus les voir et, avec les années, j'ai appris à ne pas y penser. Mais depuis que je fais des cauchemars, ces souvenirs sont revenus.

J'ai commencé à me dire que je devenais folle, et que peut-être même je l'étais depuis toujours. Mais Rasmus, lui aussi, a vu les elfes. On les a aperçus tous les deux.

On est au moins deux à avoir perdu la tête.

SAMEDI

19

– Papa ? dis-je tout bas en lui secouant l'épaule pour ne pas réveiller maman.

Il marmonne et essaie de se retourner, mais je le tiens fermement.

– Papa, réveille-toi !

Il ouvre les paupières et les plisse comme pour aiguiser son regard, puis il bâille et frotte son visage ensommeillé. Bellman dort sur le tapis au pied du lit. Notre chien respire profondément, à un rythme régulier, sa queue touffue relâchée sur le sol.

– Tuva ? fait papa d'une voix rauque. Mais il est quelle heure ?

Il n'a pas besoin de savoir qu'il est sept heures moins dix.

– Je peux prendre le bateau ?

Il a l'air étonné, comme s'il ne comprenait pas ma question, mais il hoche la tête, les yeux mi-clos.

– Oui, répond-il. Si tu veux.

Peu à peu, il réalise que ce n'est pas normal.

– Mais pourquoi ?

J'ai réfléchi à une explication qui soit crédible et je réponds, en prenant une mine grincheuse.

– Je dois aller à l'école. On doit travailler en binômes pour un projet d'histoire.

– Un samedi ?

Dans la chambre, il fait tout noir. Les rideaux sont tirés et le soleil ne s'est pas encore montré. Maman dort comme une souche, tournée sur le côté. Seule sa longue natte dépasse de la couverture.

– C'est pour mardi, dis-je. Et le garçon avec qui je travaille ne pouvait qu'aujourd'hui.

J'espère que papa n'a pas l'esprit assez clair pour me demander qui c'est. Maman aurait voulu savoir, même tirée d'un profond sommeil.

– OK, bredouille-t-il. Je crois que le réservoir est plein, mais prends ton portable, d'accord ?

Il bâille encore puis se retourne. Je me demande s'il se souviendra de cette conversation quand, tout à l'heure, il verra que le bateau n'est pas là. Ou pire : si je ne reviens pas.

20

Même si j'ai mis deux paires de chaussettes, le froid pénètre tout de suite dans mes bottes en caoutchouc. Je grelotte dès que je sors dans l'air glacial et humide. Dehors, il fait toujours nuit, malgré la lumière matinale blafarde qui point faiblement. J'aurais préféré qu'il fasse jour, mais avec Rasmus on s'est donné rendez-vous à huit heures, et le soleil ne se lève qu'un quart d'heure après. J'ai vérifié sur Internet.

Quand j'approche du ponton, la peur m'envahit. Un goût de métal s'est insinué dans ma bouche.

La gorge serrée, je saute dans le bateau puis mets le contact. Le moteur tousse, crache, et je dois tourner la clef plusieurs fois pour qu'il veuille bien démarrer.

La coque orange vif luit comme un phare dans le

noir. Je n'arrive pas à savoir si ça me rassure ou pas. Soudain, j'ai un flash : l'image d'un bateau orange qui tangue sur l'eau, mais je m'empresse de chasser cette vision désagréable. Il ne faut pas que je pense à ça, surtout pas.

Parcourue d'un frisson, je largue les amarres et manœuvre le bateau comme papa me l'a appris. Maintenant, l'embarcation flotte librement et, même si je le voulais, je ne pourrais pas rejoindre le ponton.

Rasmus m'attend, me dis-je pour me donner du courage. Il a raison, on doit faire quelque chose pour Axel, on est les seuls à pouvoir le retrouver.

Papa laisse toujours la carte maritime à bord, mais je connais le chemin par cœur. J'emprunte le petit détroit avant de mettre le cap sur Runmarö. Le moteur vibre tandis que les îles défilent, comme je me dirige vers la profonde baie de Kanholmsfjärden.

Du gel scintille sur les pins rabougris, martyrisés par le vent. À la surface de l'eau, brille une fine couche de gel apparue durant la nuit ; pourtant, on n'est qu'à la mi-octobre. La lumière perce peu à peu à l'est, le soleil ne va pas tarder à se lever.

Je ne peux pas m'empêcher de penser au vieil Ingvar, lui qui m'a déconseillé de naviguer la nuit.

Les formes rocailleuses de Gastholmsgrundet disparaissent à tribord et j'entrevois l'île où habite Rasmus. Sentant le froid m'engourdir les doigts, je lâche le volant de la main gauche pour souffler dessus. J'aurais dû enfiler des gants plus épais, mais tant pis…

Tout à coup, le bateau tangue si violemment que je manque de tomber. Je m'accroche au volant pour ne pas perdre l'équilibre.

Qu'est-ce que c'était ? J'ai heurté quelque chose ? Un rocher ? D'instinct, je ralentis et me mets au point mort pour regarder autour de moi. Il n'est pas censé y avoir quoi que ce soit par ici : Kanholmsfjärden est l'une des baies les plus profondes de l'archipel, avec un fond par endroits à plus de cent mètres. J'ai navigué ici des milliers de fois, donc je sais qu'il n'y a aucun écueil.

Je ne vois pas grand-chose dans la pénombre, mais je tourne quand même la tête d'un côté puis de l'autre, scrutant les environs. Le bateau est parfaitement immobile quand, soudain, un nouveau choc le secoue. Les vibrations qui ébranlent toute la coque me font frémir des pieds à la tête. Brusquement, la mer me paraît terriblement proche. Il n'y a pas un bruit.

Dans le silence, un coup survient encore, plus rapide et plus brutal cette fois. De l'eau gicle par-dessus bord et je tombe à la renverse. Je suis allongée sur le sol, étourdie, ne sachant pas si le bateau est en train de chavirer. Cet instant semble durer une éternité, je suis comme paralysée.

Mais dès que je vois la proue se rabaisser, je

bondis vers le tableau de bord, saisis l'accélérateur et appuie à fond, sans prêter attention au hurlement du moteur. Le bateau part en trombe avec un sursaut qui me fait vaciller, mais je m'agrippe au volant, le serrant entre mes doigts gelés.

Vite, il faut que je déguerpisse d'ici !

Je file sur les vagues. Je n'ai jamais conduit aussi vite et je sais que papa me l'aurait interdit, mais j'ai senti à quel point le dernier coup était violent. Celui qui l'a asséné, quel qu'il soit, y a mis toute sa force.

Car ce n'était pas un rocher, c'était autre chose, quelque chose de vivant qui voulait me faire du mal.

J'ai beau être à la vitesse maximale, j'appuie sur l'accélérateur pour tenter d'aller plus vite encore. Mes yeux pleurent dans le vent, et ma vue se brouille, mais je discerne les contours de Runmarö.

Je dois y arriver, je dois quitter les profondeurs de la baie.

En jetant un œil par-dessus mon épaule, je remarque que quelque chose me suit : une pâle silhouette à la surface de l'eau, un courant froid qui glisse dans le sillage du bateau et me rattrape. Cette créature ne semble pas vouloir me lâcher.

J'avance à contre-jour, filant vers la bande de lumière qui grossit à l'horizon et jaillira bientôt.

Jacobsson n'est toujours pas rentré, son bateau a disparu.

Les mots de papa résonnent dans ma tête alors

que j'aperçois le quai de l'île. Mes jambes me font mal à force de résister à la houle, mais je maintiens ma vitesse, cap sur l'école.

Hier, le vieil Ingvar m'avait pourtant prévenue : « Ne t'approche pas de l'eau quand il fait noir… »

Je ne sais pas pourquoi, mais j'ai l'impression que le jour pourrait bien me sauver. Si le soleil se lève à temps, je sens que je serai en sécurité. Au moins pour cette fois. Soudain, les premiers rayons m'éblouissent. Je n'ai jamais été aussi heureuse de voir la nuit s'envoler. Le cœur battant à mes tempes, je laisse l'aube baigner mon visage.

Le ponton de l'école apparaît devant moi, puis le bâtiment. Je distingue nettement le mât à drapeau planté dans la cour et le toit de tuiles rouges qui, avec les intempéries, s'est couvert de vert-de-gris.

Juste avant que le soleil surgisse au-dessus de l'eau, jc sens un dernier coup. Une légère impulsion contre la coque, qui ne fait pas dévier le bateau de sa trajectoire. Comme un geste taquin, un au revoir ou une promesse : *Nous nous retrouverons bientôt.*

21

Lorsque Rasmus aborde l'île, je suis assise sur l'escalier de l'école, les genoux serrés entre mes bras. Il me fait signe. Je lui réponds d'un geste timide de la main et le regarde s'amarrer près de la coque orange de mon bateau qui flotte au bout du ponton. Celui de Rasmus est gris, un beau Zodiac élancé qui n'a rien à voir avec notre vieux rafiot.

Dès qu'il est assez près pour que je l'entende, il s'écrie :

– Désolé d'être en retard !

Je suis si soulagée de le voir que je reste muette. Depuis que je suis arrivée sur l'île, je meurs d'inquiétude. J'ai cru que c'était fini, que l'ombre qui m'avait pourchassée l'avait pris, lui, à ma place.

Mes joues sont encore un peu humides à cause

des larmes. Rasmus n'a que dix minutes de retard, mais j'étais terrorisée. Je n'ai même pas osé l'appeler, de peur d'entendre sonner dans le vide et de comprendre qu'il avait disparu.

– Ça ne fait rien, réussis-je à articuler.

Il trottine sur les derniers mètres et s'arrête en bas des marches devant moi.

– Tu n'as pas froid ?

Je secoue la tête.

– Qu'est-ce qu'il y a ? me demande-t-il.

J'éclate alors de rire, pousse des petits cris stridents comme une hystérique. Rasmus a l'air effrayé. Il faut que je lui explique pourquoi je suis si nerveuse, mais je n'arrive pas à retrouver mon calme. Ça prend du temps.

Quand je lui ai tout raconté, il reste immobile, les bras ballants. Je ne m'attends pas à ce qu'il me croie, je me doute qu'il va me dire que ce n'était qu'un rocher ou un banc de sable. D'une voix fluette, presque fausse, il demande pourtant :

– Tu penses que c'était quoi ?

– Je n'en sais rien.

Je resserre les bras autour de mes genoux, heureuse de sentir la terre ferme sous mes pieds. Je ne veux pas rentrer à la maison en passant par la baie, ni même monter sur le bateau.

Après un moment, je murmure :

– J'avais l'impression que quelque chose me suivait.

Rasmus tourne la tête vers le rivage. Peut-être qu'il pense au brouillard qui a surgi le jour où Axel a disparu, à cette brume qui a englouti la lumière du jour et plongé l'île dans la nuit.

– Qu'est-ce que tu veux faire ? me demande-t-il en se balançant d'un pied sur l'autre. Rentrer chez toi ?

Il pense que je me dégonfle, je l'entends bien.

– Non, dis-je. Et même si j'en avais envie, il est hors de question que je remonte dans ce foutu bateau.

Mon ton est sec, mais ça m'agace qu'il me prenne pour une lâcheuse. Je me lève puis époussette mon jean.

– Tu viens ?

Sans l'attendre, je me dirige vers la forêt. Il me rejoint quelques secondes plus tard et nous marchons côte à côte.

– Pardon, murmure-t-il en atteignant le premier arbre.

Je voudrais ne pas lâcher prise si facilement, mais je n'ai pas non plus envie de faire la tête. On est là, tous les deux, et même s'il est énervant, il y a pire. Comme ce qui nous attend dans la forêt… ou dans la mer.

– Ça ne fait rien, dis-je.

Dès que nous atteignons l'orée du bois, Rasmus se fige, fixant les branches d'arbre brunes qui s'entremêlent et forment une masse sombre. Runmarö est assez peuplée, presque trois cents personnes y vivent, mais là, on se croirait sur une île déserte. Comme si on était les deux seules âmes à errer par ici, à part les créatures qui se cachent peut-être dans l'ombre.

– Qu'est-ce qu'on fait si on trouve quelque chose ? demande Rasmus.

L'image du corps d'Axel gisant sans vie dans la mousse m'apparaît et je frémis.

– Je ne sais pas.

– Et si ça recommence comme l'autre jour… ?

Je comprends maintenant pourquoi Rasmus est si tendu. Le souvenir de son regard vide et de sa démarche lourde me fait douter. Et si c'était une mauvaise idée ? Peut-être qu'on devrait rebrousser chemin et laisser la police faire son travail. On est des enfants, rien de plus. Mais l'idée de remonter à bord d'un bateau est pire encore que celle de m'aventurer dans la forêt.

– Ça n'arrivera pas, dis-je tout bas. Je suis avec toi… Promis, je ne te lâcherai pas d'une semelle.

Rasmus enfouit les mains dans les poches de son blouson. Je l'observe et l'attends, espérant presque un instant qu'il n'ose pas aller plus loin et fasse demi-tour. Ça m'éviterait de devoir me frayer un chemin entre les pins trempés et les buissons mouillés.

Mais avec un sourire blême et sans joie, il déclare :

– OK, viens.

– C'est parti, dis-je.

J'ai l'air beaucoup plus sûre de moi que je ne le suis en réalité.

22

Nous nous enfonçons de plus en plus dans la forêt, suivant le sentier tant qu'il existe. Il y a quelques jours à peine, je courais seule, ici, dans le brouillard. J'ai l'impression que c'était il y a bien plus longtemps.

– Tu sais où on est ? me demande Rasmus.

Avec une grimace, je réponds :

– Et toi ?

– Non, c'était Axel qui lisait la carte. Moi, je n'ai pas un bon sens de l'orientation.

– Je croyais que tu étais bon en tout, dis-je.

Les mots sortent tout seuls de ma bouche. Posant le pied sur une grosse racine, Rasmus me lance un regard de côté.

– Pourquoi tu te dis ça ?

La cime des arbres disperse et tamise la lumière du jour. Les feuillus seront bientôt entièrement nus.

– Je ne sais pas, oublie…

Ma nuque se raidit : j'ai l'impression que quelqu'un nous observe. C'est sans doute dans ma tête, mais mon instinct m'avertit que nous ne sommes pas seuls. Quelqu'un ou quelque chose n'est pas loin.

Je m'arrête et attrape Rasmus par la manche de son blouson.

– Tu as entendu ?

Je suis certaine d'avoir perçu un bruit. Une branche qui craque, des feuilles qui se froissent, alors qu'il n'y a pas de vent.

– Quoi ?

– Un bruit, là. Comme si quelque chose avait bougé.

Nous nous figeons un instant pour écouter. Il n'y a plus vraiment de sentier, mais une ligne tracée entre les taillis et les buissons mouillés.

Personne ne sait où nous sommes.

Si on disparaissait à notre tour, après combien de temps les gens commenceraient-ils à nous chercher ?

L'image du corps sans vie d'Axel me hante encore. Est-ce qu'il est là, quelque part, jeté comme un vulgaire sac-poubelle ? L'idée qu'on puisse le trouver m'est soudain insupportable.

– Je n'ai rien entendu, dit Rasmus d'une voix paniquée.

J'essaie de réfléchir en serrant les mâchoires.

– Alors ce n'était rien.

L'idée, c'était de lui mentir pour le rassurer, mais il a l'air encore plus stressé.

– Imagine que c'est eux ?

– On les verrait, non ?

– Oui, murmure Rasmus. Ou peut-être que non, je n'en sais rien. L'autre jour, ils sont arrivés d'un coup sans prévenir.

– Tu te souviens de ce qui s'est passé ?

Rasmus regarde autour de lui.

– Non, mais ça reviendra peut-être tout à l'heure…

Nous n'avons aucune idée de ce que nous cherchons, à part des réponses. Et si possible, Axel. Nous ne savons même pas vers où aller. Le découragement qui me gagne engourdit mes membres, mais je n'ai pas le choix, il faut continuer.

Le sentier devient très étroit et nous devons marcher l'un derrière l'autre. Je crois reconnaître les environs, mais je ne suis pas sûre. La dernière fois, quand l'air était chargé d'une épaisse brume laiteuse, tout semblait différent.

Je passe sous une longue branche et mes cheveux restent accrochés.

– Aïe !

Je secoue légèrement la tête pour essayer de me libérer, mais ma tignasse s'emmêle encore plus. Les larmes me montent aux yeux tant ça fait mal.

– Ne bouge pas, je vais t'aider, me dit Rasmus.

Ça me fait bizarre qu'il me touche les cheveux. Je rougis, parce que je ne les ai pas brossés ce matin et aussi parce qu'il se tient tout près de moi.

– C'est quoi, ta cicatrice au cou ? demande-t-il tout en libérant les derniers petits cheveux coincés.

Je lisse mes mèches blondes entre les mains, puis réponds :

– J'ai eu un accident.

Et je me remets en marche, encore un peu troublée par cette situation.

– Quel genre d'accident ?

J'éprouve une certaine irritation, mais Rasmus ne peut pas savoir que je n'aime pas en parler.

– C'était quand j'étais bébé.

– Qu'est-ce qui s'est passé ?

– Mes parents faisaient de la voile avec moi. Un coup de vent a fait chavirer le bateau.

– Merde ! fait Ramus. Et tu t'es éraflée sur quelque chose ? D'où la cicatrice ?

– J'en ai plusieurs, dis-je.

Rasmus s'arrête.

– Je peux voir ?

Je hausse les épaules, feignant l'indifférence, et relève mes cheveux pour qu'il voie mon cou en entier. Ça me fait drôle, comme si je me mettais à nu. Je frissonne sous son regard fixant les trois cicatrices qui barrent chaque côté de mon cou. Six lignes parallèles telles des griffures tracées derrière mes mâchoires, juste sous les oreilles.

– Waouh ! s'exclame-t-il, fasciné.

Bizarrement, je me sens un peu flattée.

– Qu'est-ce qui s'est passé ? questionne-t-il.

Je relâche mes cheveux et lui réponds :

– Je ne sais pas trop, je ne me rappelle pas. Quand le bateau a chaviré, je suis tombée à l'eau. Mes parents ont cru que je m'étais noyée, ils me croyaient morte.

J'ai l'impression de raconter l'histoire de quelqu'un d'autre.

– Ils ont nagé jusqu'au rivage pour chercher de l'aide. L'île la plus proche, c'était Grönskär, tu sais, celle avec un vieux phare en pierre, au large de Sandhamn.

Rasmus hoche la tête.

– Mais quand papa y a échoué, il m'a trouvée là, sur le sable. Une vague avait dû me porter sur la plage. J'étais trempée et blessée au cou, mais en vie.

Je ne peux pas m'empêcher de tripoter mes cicatrices.

– J'ai fait la une du journal ! Les gens m'appelaient « le bébé miraculé ».

Rasmus m'observe, l'air fasciné.

– Quelle aventure ! souffle-t-il.

– Ouais.

– Les autres sont au courant ?

Tout à coup, je regrette de lui avoir raconté mon histoire.

– Qui ça ?

Question superflue : je sais très bien de qui il parle.

– Les élèves de la classe.

– Moui, dis-je. Sans doute.

Rasmus n'a pas l'air de comprendre que je veux changer de sujet.

– Pourquoi personne ne m'en a jamais parlé ? demande-t-il.

– Pourquoi ils en parleraient ?

Mon ton soudain agressif semble le surprendre.

– Comment ça ?

– Rien.

– T'es fâchée ?

– Tu sais très bien ce que je veux dire.

Je n'arrive pas à cacher mon irritation. Il fait semblant de ne pas comprendre ou quoi ? Peut-être que depuis le début il se moque de moi, en fait.

– Tout le monde me déteste dans la classe. Quand j'étais petite, les autres me traitaient de tous les noms et m'embêtaient constamment. Maintenant, au moins, ils me laissent tranquille.

Ma voix pleine d'amertume résonne dans le silence de la forêt.

– Je croyais que c'était toi qui n'aimais personne, qui ne voulais pas traîner avec les autres.

Rasmus a vraiment l'air étonné.

– Évidemment que je ne veux pas les voir, mais ce n'est pas moi qui ai commencé.

J'entends combien mes derniers mots sont ridicules et infantiles, mais je n'ai pas envie de lui raconter toutes ces années où j'ai été persécutée. Comment a-t-il pu ne pas remarquer quelque chose d'aussi évident ? Ça fait des mois qu'il est arrivé dans la classe. J'imagine que c'est comme ça, quand on est beau, charmant et populaire.

– Il faudrait peut-être que tu…

Son ton hautain m'énerve. Comme si monsieur savait ce qu'il fallait faire pour tout arranger. Je lance l'assaut, je ne peux pas m'en empêcher :

– Quoi ? Que je ressemble à Hanna et Isabelle ? Que je passe mon temps à ricaner, que je mette des tonnes de gloss, me lisse les cheveux, et vous colle, toi et Axel, commmc un petit toutou ?

Je me rends soudain compte de ce que je dis, mais trop tard. Rasmus se mord les lèvres puis se retourne.

J'ai tout raté.

Rasmus était le seul de la classe à m'adresser la parole, mais maintenant c'est fichu. Il ne voudra plus jamais me voir.

Soudain, le bruit de tout à l'heure se fait entendre, puis des pas lourds qui s'approchent.

– Tu as entendu ? dis-je en haletant.

Nos chamailleries n'ont subitement plus aucune

importance. Nous échangeons un regard sans dire un mot et bondissons.

Je suis petite mais rapide, alors que Rasmus court d'un pas maladroit. Il manque de tomber en trébuchant sur un caillou, mais je le rattrape et l'entraîne avec moi.

Des cris s'élèvent dans notre dos. Ce ne sont pas des appels, mais des grondements monstrueux, juste derrière nous.

La peur pulse dans mes veines, ma langue grossit dans ma bouche. Les pas se précipitent, toujours plus proches.

On ne va pas leur échapper. Axel a ressenti ça, lui aussi ? Est-ce qu'il a eu le temps d'essayer de fuir ? Vais-je manquer à quelqu'un si je meurs aujourd'hui ?

Une main lourde me saisit l'épaule et m'arrête si violemment que je vacille en arrière.

– Rasmus !

En entendant mon cri désespéré, il s'immobilise. L'idée qu'il se soucie de moi me donne la force de m'arracher à la prise, mais je ne fais que quelques mètres : la main me capture de nouveau, d'une poigne de fer.

Le regard de Rasmus n'est plus glacé et terrifié comme tout à l'heure. Je prends mon courage à deux mains et me retourne. Après quelques secondes, je reconnais l'homme qui se tient devant moi : Ivar, le policier. Il est à bout de souffle et me serre le bras.

De sa voix d'outre-tombe, que j'ai prise pour le grognement d'un monstre, il lance :

– Qu'est-ce que vous faites ici, tous les deux ?

23

Je prends une bonne gorgée de chocolat chaud et sens mon corps se réchauffer, même si je grelotte toujours. La boisson a un goût de mauvais cacao en poudre, mais ça ne fait rien. Je mange goulûment les quelques biscuits que le policier a trouvés dans un placard.

L'école est déserte. Tout à l'heure, Ivar a ouvert l'établissement et je me demande qui lui a donné les clefs. Là, il est parti téléphoner à nos parents. Au début, Rasmus ne voulait pas lui communiquer le numéro de son père, il a insisté pour l'appeler en personne, mais le policier n'a pas voulu, alors Rasmus a bien été forcé de lui dicter les chiffres. À moi, Ivar n'a rien demandé : il doit avoir le numéro de maman depuis l'autre jour. Je rougis à l'idée de ce que les parents vont dire en recevant un coup de fil de la police.

Rasmus est assis près de moi. Il a l'air complètement éteint et n'a pas touché à son chocolat. Je me demande ce qu'il pense : est-il déçu ? ou fâché à cause de notre dispute ?

La porte s'ouvre et Ivar entre dans la pièce.

– J'ai le feu vert de vos parents pour vous parler en dehors de leur présence, déclare-t-il.

Son regard se pose sur Rasmus.

– Ton père était assez soulagé que je l'appelle, ajoute-t-il. Il s'est fait du souci en voyant à son réveil que tu n'étais pas là.

Rasmus fixe le sol.

– Bien, dit le policier en s'asseyant en face de nous.

Il appuie ses coudes sur le bureau et presse les bouts de ses doigts les uns contre les autres.

– Qu'est-ce que vous fabriquiez tous les deux dans la forêt ? Soyez honnêtes avec moi.

Nous sommes en salle des profs. Contrairement au reste de l'école, peinte dans les tons vanille, cette pièce est blanche comme la craie. J'ai l'impression que je vais perdre la vue à force de scruter les murs.

Je rétorque :

– Et vous, qu'est-ce que vous faisiez ?

Il s'adosse à sa chaise et répond :

– C'est mon boulot.

– Votre boulot, c'est de vous balader le samedi en forêt ?

Comment puis-je être soudain si insolente ? Je ne sais pas d'où ça me vient, mais là je n'arrive pas à être une gentille petite fille discrète et polie. De toute façon, tout est fichu.

– Mon boulot, c'est de rechercher Axel, dit-il calmement. Et c'est ce qui nous occupe : dans une heure, on lance une nouvelle battue.

Il sort son carnet de notes et un stylo.

– Et je vous soupçonne tous les deux d'avoir voulu en faire autant. Je me trompe ?

Je regarde Rasmus du coin de l'œil. Il est tout rouge, les mains enfoncées dans ses poches, l'air de ne pas écouter un mot.

– Alors ? demande Ivar. Jeune homme, tu as quelque chose à déclarer ?

Je me tais pour laisser Rasmus répondre, mais il reste muet et moi, silencieuse. Sous le regard insistant d'Ivar, il fixe le bureau.

– Écoutez-moi bien, reprend le policier.

Même s'il dit « vous », je sais qu'il s'adresse à Rasmus.

– Vous prétendez ne rien vous rappeler, mais je crois au contraire que vous me cachez un tas de choses. C'est embêtant parce que j'ai besoin de savoir tout ce qui peut nous aider à retrouver Axel. Plus le temps passe, plus votre silence est grave.

Il se penche sur le bureau.

– Je ne sais pas pourquoi vous refusez de me dire la vérité. Peut-être qu'Axel se cache quelque part et que vous lui avez promis de l'aider, peut-être que vous connaissez les gens qui l'ont enlevé ou lui ont fait du mal, peut-être que vous avez peur. Je n'en sais rien !

Sa voix devient plus sévère.

– Mais votre mutisme n'arrangera rien. Il faut que vous compreniez que ça n'aidera pas Axel. Pensez à lui et à ses parents, au moins. Et n'ayez pas peur : je peux vous assurer que du moment où vous me parlez, vous serez en sécurité.

Ivar observe un silence.

– Axel a disparu depuis trois jours maintenant, reprend-il. Trois jours, c'est très long quand on est seul, abandonné en forêt, ou retenu par quelqu'un.

– Mais il n'y a rien à faire ! s'exclame soudain Rasmus, bouillant de colère. Vous ne comprenez pas qu'il a disparu pour de bon ?

La fureur déforme son visage. On croirait qu'il va se jeter sur le policier d'une seconde à l'autre.

– Vous nous forcez à écouter vos conneries pour nous pousser à faire de faux aveux. Vous ne savez rien, vous n'avez aucune idée du genre de personne qu'était Axel !

Rasmus gesticule, les poings serrés et le cou rentré dans les épaules.

– Vous ne savez rien de rien ! s'écrie-t-il.

Depuis combien de temps contient-il sa rage ? Je suis la seule à ne pas avoir remarqué le poids qu'il portait ?

– Alors, explique-moi, répond calmement Ivar, ne prêtant pas attention à la fureur du garçon. Raconte-moi ce qui s'est passé.

Rasmus bondit aussitôt de sa chaise et hurle :

– JE NE M'EN SOUVIENS PAS, UNE FOIS POUR TOUTES !

Il reste immobile, haletant de colère, le regard fixé sur Ivar. Un instant, je crois qu'il va fondre en larmes.

– Je ne sais pas ce qui s'est passé, reprend-il. Je vous le jure.

– Assieds-toi, répond le policier, toujours aussi calme.

Rasmus se pose lentement sur sa chaise. Lorsqu'il appuie ses mains sur les accoudoirs, je vois qu'il tremble comme une feuille.

– C'est pour ça que vous êtes allés en forêt ?

Rasmus opine et je me dépêche d'en faire autant.

– Qu'est-ce que tu te rappelles en dernier à propos de mercredi ?

Ivar et Rasmus semblent soudain seuls dans la pièce. Je me demande si je devrais partir, mais comme on ne me dit rien, je ne bouge pas et me fais toute petite.

Rasmus se fige quelques secondes, puis il pousse un léger soupir :

– On se dirigeait vers la plage, dit-il d'un ton qui lui donne l'air plus adulte et plus jeune à la fois. On avait traversé la forêt pour prendre un raccourci vers la mer. Mais le brouillard était tellement épais, c'était comme… On ne distinguait rien, en fait. Si on marchait à plus de trois mètres l'un de l'autre, on ne se voyait plus du tout. Axel trouvait ça drôle, il s'amusait à se cacher dans la brume pour me faire des croche-pattes, ce genre de gamineries.

Sa voix tremble. Il passe la main sur son front et ferme les yeux.

– Je me souviens avoir entendu des clapotis, des bruits bizarres venant de l'eau. Axel courait devant vers la plage, mais moi, je me suis arrêté à la lisière de la forêt.

– Pourquoi ?

– Pour refaire mes lacets.

Rasmus, comme plongé dans ses souvenirs, semble ne plus remarquer notre présence.

– Et ensuite ? demande Ivar.

– Ça s'est mis à puer, une odeur de moisi qui prend à la gorge, comme un tas d'algues pourries ou un animal mort. Et on entendait toujours les bruits d'eau bizarres. Axel voulait s'approcher pour voir ce que c'était.

Il a toujours les yeux clos.

– Je l'ai vu courir vers le rivage et disparaître dans la brume. C'est tout. Je ne me rappelle que l'odeur et ça.

Il rouvre les paupières, découvrant son regard vide et brillant.

– Après… c'est le trou noir.

Je me dis qu'Ivar va lui demander de décrire plus précisément les bruits et l'odeur, mais il enchaîne :

– Et ensuite ?

Rasmus ne me jette pas un coup d'œil.

– Je me suis réveillé dans la forêt, par terre avec Tuva. Il faisait froid, j'avais mal au crâne et j'ignorais comment j'étais arrivé là. Tout ce que je savais, c'était qu'Axel avait disparu, qu'il n'était plus dans les parages. Ça, je l'ai compris tout de suite.

Je vois qu'il est à deux doigts de dire la vérité, prêt à mentionner les petites lumières qui virevoltaient devant lui. Le policier ne remarque-t-il donc rien ? Pour moi, c'est évident. Mais Ivar ne semble rien déceler : il réfléchit en se grattant le menton.

Pour la première fois depuis le début de cette conversation, il se tourne vers moi et déclare d'un air grave :

– Vous pouvez rentrer chez vous, mais je vous interdis de vous aventurer seuls en forêt, le week-end ou en semaine après l'école. Tant qu'on ne saura pas ce qui est arrivé à Axel, l'endroit n'est pas considéré comme sûr.

Avec un sourire embarrassé, il ajoute :

– On ne peut pas prendre le risque que d'autres personnes disparaissent, vous comprenez ?

Je me lève et Rasmus m'imite.

– Si vous voulez y retourner, reprend le policier, prévenez-moi, que je vous escorte. Mais promettez-moi de ne pas y aller seuls.

Je hoche la tête.

– Bien, concut-il. Je vous raccompagne à l'embarcadère.

Personne ne dit un mot tandis que nous marchons vers le ponton. Le silence est pesant. Je n'ai pas envie de monter à bord du bateau, je voudrais ne plus jamais m'approcher de la mer, mais je n'ai pas le choix. Surtout quand un policier me surveille.

Dans le ciel pâle d'automne, le soleil est éblouissant et les rayons se reflètent à la surface frisée de l'eau. Ivar se baisse pour défaire les amarres du Zodiac.

– Vas-y en premier, Rasmus, que vous ne vous gêniez pas.

Rasmus embarque, démarre et s'en va, sans se retourner ni m'adresser une parole. Alors que je m'apprête à sauter vaillamment dans mon bateau, le policier me retient par le bras.

– Une seconde, Tuva.

Il me tient fermement et je ne bouge pas d'un cil.

– Je suis persuadé que tu en sais plus que tu ne le prétends, déclare-t-il.

Et d'un ton ni révolté ni menaçant, il me demande :

– Tu ne veux pas simplement me le dire ?

La question ne semble pas inviter à une réponse. Je me tais et évite son regard. Il attend quelques secondes puis conclut d'un hochement de tête :

– Sois prudente. Tes parents se font du souci, et ta mère n'avait vraiment pas l'air ravie au téléphone.

J'embarque puis dénoue lentement les amarres, avec des gestes calmes et précis.

Ivar reste planté sur le ponton jusqu'à ce que je démarre et que je manœuvre, juste pour me voir partir. Alors que l'île s'éloigne à la poupe du bateau, mon estomac se noue. Mais cette fois, ce n'est pas seulement l'angoisse de la mer.

L'image de Rasmus reste gravée dans ma mémoire : son explosion de colère en salle des profs, son visage écarlate, la fureur qui a laissé place au chagrin.

Je m'en veux de m'être énervée dans la forêt, tout à l'heure. Je ne pouvais pas me taire, comme je l'ai toujours fait ? Pourquoi est-ce que j'ai craqué, justement aujourd'hui ?

Plongée dans mes pensées, je conduis à une vitesse un peu trop élevée. Même si ça n'arrange rien, je veux arriver au plus vite à la maison. M'y voici. J'accoste mais reste à bord. Le bateau tangue sous mes pieds. Je n'ai pas envie de rentrer et d'affronter les parents, qui m'attendent sans doute assis à la table de la cuisine.

Ils vont me demander des explications, peut-être même des excuses. Ça va durer toute la journée et même une fois cette histoire terminée, ça continuera. Les silences pleins d'anxiété ne se dissipent pas si facilement.

Il fait trop froid pour que je m'éternise ici, mais avant de descendre je veux envoyer un message à Rasmus. N'importe quoi, quelque chose qui maintienne le contact. Je ne supporte pas l'idée qu'on soit brouillés, tous les deux.

En sortant mon téléphone de ma poche, je constate que Rasmus m'a devancée. Un message de « Rasmus collège » apparaît à l'écran : « Merci de m'avoir accompagné. »

DIMANCHE

24

Des mains froides me retiennent. Je suis comme paralysée. Je ne peux pas me libérer ni même bouger.

Mon corps gît dans le fond de l'eau, entre des formes diaphanes qui glissent autour de moi. Il fait un froid glacial. Le sable m'érafle la peau : les grains se glissent dans ma bouche et mes orbites, bouchant tous les orifices et m'emplissant le gosier jusqu'à ce que je ne puisse plus crier.

Je hurle malgré tout, sans émettre le moindre son.

J'essaie de me débattre, mais ni mes bras ni mes jambes n'obéissent. Mes sinus et ma gorge piquent, ma poitrine souffre du manque d'oxygène. Je suis sur le point d'exploser. J'ai beau me tordre, aucun air ne parvient à mes bronches.

Mes poumons brûlent, ils se consument.

Un visage inconnu apparaît sous mes yeux, puis disparaît aussitôt.

Les algues ondulent.

Maman, c'est toi ?

À l'aide…

Il fait tellement noir.

Le silence règne dans les profondeurs. Personne ne vient à mon secours. Pourtant, j'entends quelqu'un murmurer des mots dans une langue qui n'existe pas. Je devrais les comprendre, mais leur sens m'échappe. Ces sonorités étrangères sont adressées à quelqu'un d'autre que moi.

Je ne tiendrai plus longtemps. Mais comment lutter avec ce corps qui réclame désespérément de l'air ?

J'abandonne et ouvre la bouche, laissant finalement l'eau jaillir dans mes poumons. Mon heure a sonné, me dis-je, mais rien ne survient. Quand j'inspire de nouveau et avale l'eau qui ruisselle dans ma bouche, une douleur accablante s'abat sur moi. Comme si quelqu'un m'écrasait la cage thoracique. Les formes s'approchent dans le noir. Je sais que je devrais fuir, mais j'ignore où.

Je vais mourir, là, maintenant, dans la mer ?

Maman…

Je sanglote sans bruit.

Quelque chose s'immisce dans mon esprit, une pensée à la fois éveillée et brumeuse. Est-ce que je rêve ? Tout ceci est-il réel ou non ? Qu'est-ce qui se passe ?

Réveille-toi ! m'ordonné-je à moi-même.

Il faut que je sorte de ce cauchemar avant qu'il soit trop tard. Je force mes yeux à s'ouvrir.

Me voilà dans ma chambre, couchée sur mon lit. Une ombre aux longs cheveux noirs est lovée comme un chat sur ma poitrine. Ses griffes sont plantées dans mon torse et ses yeux brillent d'une lueur qui ne m'est pas étrangère.

Je reste sans voix.

Dès qu'elle se rend compte que je me suis réveillée, la créature s'enfuit. Je n'ai pas le temps de la chasser ni de crier : elle disparaît dans le néant.

Je cligne des yeux et passe fébrilement la main sur ma poitrine, là où l'ombre était à l'instant penchée. Puis je bondis de mon lit, cours jusqu'à la salle de bains et arrache mon haut de pyjama.

Le miroir ne dévoile rien, aucune griffure ni blessure : la peau de mon buste est parfaitement lisse. Mon regard, lui, a l'air perdu, effrayé. Plus je m'observe dans le miroir, plus le doute s'installe : est-ce vraiment arrivé, ou n'était-ce qu'un cauchemar ? Je vois encore cette ombre blottie contre moi, je sens son poids sur ma poitrine… Ses contours m'échappent peu à peu, mais la peur demeure.

Ma gorge est sèche, comme si les litres d'eau

glaciale que j'ai avalés en rêve m'avaient réellement irrité le gosier.

Je regarde par la fenêtre au-dessus des toilettes. Dehors, il fait un noir d'encre. Tout le monde dort à cette heure de la nuit, mais vers la baie j'entends des bruits d'eau. Avant de retourner me coucher, je vérifie que la fenêtre est bien fermée.

LUNDI

25

Lorsque j'arrive dans la cuisine pour prendre mon petit déjeuner, papa feuillette son journal d'un air distrait.

– Où est maman ? dis-je en m'asseyant à ma place.

Deux tartines m'attendent sur une assiette.

– À la clinique, elle a pris une garde en plus ce matin.

Papa plie son journal et le pose sur la table.

– Tuva, on doit discuter tous les deux.

Ça crisse tandis qu'il gratte son menton piqueté de poils de barbe gris. On dirait qu'il ne s'est pas rasé depuis des jours.

Les parents n'ont rien dit du week-end. Samedi, quand je suis rentrée, papa m'a juste demandé si j'avais bien attaché le bateau. Ils n'ont mentionné ni le coup de fil de la police, ni mon tour en forêt avec Rasmus. Je m'attendais à me faire enguirlander, pas à buter contre ce silence.

Et hier, quand maman est allée chez mamie, elle ne m'a pas demandé de venir. En rentrant, elle était toute pâle et semblait encore plus chiffonnée qu'avant.

– Ta mère et moi, on se fait du souci.

– Il n'y a pas de raison, papa, marmonné-je, mais il ne m'écoute pas.

– Qu'est-ce que tu fabriquais à Runmarö, samedi ?

Il appuie son coude sur le journal, au risque que son haut blanc soit taché d'encre.

– Je vous l'ai dit : avec Rasmus, on fait un devoir ensemble pour l'école.

Papa secoue la tête.

– En pleine forêt ?

Je voudrais répondre que oui, mais j'entends comme ça sonne faux. Je baisse les yeux et tripote ma tartine. Papa passe la main dans ses cheveux en poussant un soupir. Je me demande si les parents ont parlé de moi, hier soir, s'ils se sont mis d'accord pour que ce soit papa qui se charge de cette discussion ou s'il a décidé tout seul de se lancer, quand il m'a entendue descendre de ma chambre.

– Tuva, reprend-il. Je comprends parfaitement que la disparition d'Axel soit difficile pour toi. C'est normal d'avoir de la peine, d'être perdue, quand quelque chose d'aussi affreux se produit. Avec ta mère, on est horrifiés que personne n'arrive à le retrouver.

On croirait presque qu'il répète un discours.

– Tu devrais peut-être en parler à quelqu'un. À moi, par exemple, si tu veux. Je sais que l'adolescence n'est pas un moment facile. Moi aussi, j'ai été jeune, tu sais.

Il tend la main pour prendre la mienne. Ses doigts sont chauds, alors que les miens sont toujours froids, même en plein été.

– Tu te dis sans doute qu'on ne comprend rien avec ta mère, mais, ma puce, tout ce qu'on veut, c'est ton bien. Aller toute seule en forêt, ça peut être dangereux, surtout après ce qui s'est passé.

Je hoche la tête, ne sachant pas quoi répondre. J'ai surtout envie de m'enfuir de cette pièce.

– Vous vouliez retrouver Axel, toi et ton camarade de classe, c'est ça ?

Papa attend un instant, mais je fixe la table sans prononcer un mot.

– On veut simplement que tu sois sur tes gardes, ajoute-t-il, avec un soupir. On t'aime, tu sais.

Cette déclaration n'est pas naturelle dans sa bouche, c'est comme s'il ne savait pas trop quoi faire de ces mots.

Je mords dans l'une des tartines, et les tranches de fromage et de concombre laissent un goût fade sur mon palais. Tandis que papa boit une gorgée de café, je mâche et j'avale en me disant que j'ai déjà essayé de discuter avec lui et maman. Combien de fois ai-je voulu leur parler des créatures de la forêt qui apparaissaient devant mes yeux et que personne ne voyait ?

J'ai appris depuis longtemps qu'ils ne voulaient pas entendre ce que j'avais à leur dire.

26

Österman longe le détroit de Lisslö. Je me recroqueville sous le vent d'automne en apercevant le bateau de la police amarré à l'un des pontons de l'île d'Harö.

Est-ce que c'est Axel ? L'ont-ils enfin retrouvé ? Mais pourquoi ici ?

– Qu'est-ce qui se passe ?

J'observe le visage grave d'Österman : ses yeux fixent le bateau de la police, ou plutôt la coque retournée qui flotte juste à côté. Une ombre passe dans son regard.

– C'est le rafiot de Jacobsson, dit-il d'une voix rauque en tenant le volant d'une main. Ils l'ont découvert cette nuit.

Le ciel crache de fines gouttes et je me replie plus

encore sur moi-même. Le capitaine, dos tourné, n'ajoute rien et sa posture n'invite pas à la conversation. Ce n'est sûrement pas le moment de lui demander s'ils ont aussi retrouvé Jacobsson.

Dès que nous arrivons au large, le vent me fouette le visage. J'essaie de penser à autre chose qu'à la mer, à la pluie et aux bourrasques, et compte les crêtes des vagues qui s'agitent autour de nous, me forçant à ignorer le choc lorsqu'elles se brisent sur la coque. Mieux vaut ne pas non plus penser à la carcasse du bateau de Jacobsson qui, il y a peu encore, gisait dans les profondeurs.

Après quelques minutes, nous atteignons la jetée où nous attendent Isabelle et Hanna. Elles se tiennent à l'extrémité, chacune dans leur doudoune, comme deux poupées jumelles.

Elles montent à bord, s'asseyent sur le banc devant moi, et nous repartons aussitôt. Elles jacassent moins que d'habitude, mais tout à coup j'entends Hanna souffler mon nom. Je lève les yeux : Hanna a l'air inquiète et Isabelle, énervée, presque furieuse. Elle me fusille du regard et semble sur le point de dire quelque chose, mais Hanna lui prend le bras et les deux filles se retournent.

Lorsque nous virons vers l'île d'Axel, mon cœur s'accélère. Est-ce qu'ils l'auraient vraiment retrouvé ?

Non… Ce n'est pas Axel qui nous attend, mais les jumeaux, chacun son sac à dos en main, en compagnie de leur mère. Marianne, les joues creusées et le teint gris, est méconnaissable.

Je n'avais pas vu les frères d'Axel depuis le jour de sa disparition. Je ne pensais pas qu'ils reviendraient si vite à l'école, mais les voilà sur le ponton, prêts à partir. Leur mère les serre longuement dans ses bras, avant de les lâcher et de les confier à Österman.

Marianne nous regarde nous éloigner, les bras croisés, sans veste sur les épaules. Les jumeaux prennent place sans dire un mot, au lieu de chahuter comme ils le font d'habitude.

Hanna et Isabelle se retournent alors vers moi pour me lancer un regard plein de haine.

27

– Bonjour tout le monde, dit Lena.

Le début des cours a sonné depuis plus de dix minutes, mais la prof vient seulement d'entrer en classe. Elle a l'air encore plus nerveuse que d'habitude, et ne cesse de remettre ses cheveux derrière l'oreille et de tripoter toutes les bagues qu'elle a aux doigts. J'essaie de ne pas dévisager les deux policiers qui l'accompagnent. De toute façon, Ivar semble ne pas me voir.

– Excusez-moi pour le retard, reprend Lena. Il est temps de commencer.

Elle se racle la gorge. Elle porte un épais pull islandais dont elle a retroussé les manches.

– Vendredi, je vous ai expliqué que la police viendrait pour vous parler. Vous vous en souvenez ?

Quelques élèves font oui de la tête. Je cherche discrètement Rasmus du regard mais ne l'aperçois nulle part. Tout à l'heure, il n'a pas pris le bateau-bus. Où est-il donc passé ? Est-ce qu'il n'est pas venu à cause de notre escapade de samedi ? Je me demande si ses parents lui interdisent de retourner à l'école. La semaine dernière, plusieurs élèves ont séché les cours suite à la disparition d'Axel.

– Je vous présente Ivar Henriksson et Daniel Berggren, de la police de Nacka, poursuit Lena. Ils sont chargés de retrouver Axel, votre camarade de classe.

Comme si elle avait besoin de nous rappeler qui était Axel… Elle recule d'un pas et Ivar nous salue de la main.

– Bonjour, dit-il. Moi, c'est Ivar et voici mon collègue Daniel.

Là, devant toute la classe, il adopte un ton différent. Une voix plus impersonnelle, mais qui inspire confiance.

– Nous faisons de notre mieux pour retrouver votre ami, déclare-t-il. C'est pourquoi nous avons besoin de discuter avec certains d'entre vous aujourd'hui. Vos parents sont au courant, et ils sont d'accord pour que nous discutions avec vous, sauf si vous préférez qu'ils soient là, auquel cas nous les appellerons et leur demanderons de se déplacer.

Le policier balaie la classe du regard comme s'il attendait des questions.

– Il n'y a aucune raison d'avoir peur, ajoute-t-il d'une voix rassurante.

Sur le rabat de mon pupitre, je lis une inscription gribouillée en tout petits caractères : « *Anna was here* ». Soudain, la porte s'ouvre dans le dos des deux hommes et Rasmus entre en classe.

– Désolé, bredouille-t-il à Lena en se dirigeant vers sa place. J'ai loupé le bateau-bus et du coup c'est mon père qui m'a amené.

– Vous avez des questions ? continue Ivar.

Du coin de l'œil, je vois qu'Isabelle s'empresse de lever la main.

– Oui ?

– Vous savez qui est le coupable ? demande-t-elle d'une voix aiguë qui grésille presque dans la pièce.

– On ignore si un coupable existe, répond Daniel. Nous ne savons pas encore ce qui est arrivé à Axel, s'il s'est fait enlever, s'il s'est enfui ou s'il est tombé à la mer.

Lui aussi prend un ton calme et posé de policier. Je n'entends plus la pointe d'ironie que je décelais la dernière fois dans sa voix.

– Nous vous demandons d'être prudents, poursuit-il. N'allez pas en forêt sans un adulte et gardez votre portable sur vous. Vous en avez tous un, je parie ?

Tout le monde hoche la tête et il lâche un petit rire.

– D'autres questions ? interroge Ivar.

La main d'Hanna fuse en l'air.

– Si on sait qui c'est, dit-elle, qu'est-ce qu'on doit faire ?

Sa voix stridente me donne des frissons. Le silence s'impose dans la pièce.

– Eh bien, répond doucement Ivar, il faut parler à la police. Au plus vite.

Je sais que je devrais les ignorer, mais mon regard est attiré vers Hanna et Isabelle. Toutes les deux me fixent d'un œil mauvais, retournées sur leur chaise.

28

Assise toute seule à une table de la cantine, j'effleure du bout de ma fourchette les bâtonnets de poisson pané servis dans mon assiette. Aucun des deux policiers n'a demandé à me parler jusqu'à présent : ils ont vu Kristoffer, Hanna, Isabelle et Sebastian. Chaque fois que Daniel réapparaissait dans l'embrasure de la porte, je me crispais de la tête aux pieds, mais il ne m'a jamais appelée.

Tout à l'heure, quand Hanna est revenue comme une reine en classe, elle s'est mise à pleurnicher. On voyait qu'elle jouait la comédie, mais la prof a accouru avec des mouchoirs en papier. Les autres se sont rassemblés autour d'elle pour la consoler, tous sauf moi, qui suis restée à ma place, à fixer mon pupitre.

Juste avant l'heure du déjeuner, les policiers sont venus chercher Rasmus, et depuis je ne l'ai pas vu.

– Pourquoi tu n'avoues pas ? siffle une voix à mon oreille.

Je sursaute et lève les yeux : Isabelle se tient juste devant moi, serrant fort son assiette dans ses mains. Je crains un instant qu'elle me la jette au visage. Hanna se tient derrière elle.

Le brouhaha de la cantine se tait soudain. Même si Isabelle ne crie pas, tout le monde sent qu'il y a de la bagarre dans l'air.

– On sait que c'est toi. Qu'est-ce que tu lui as fait ?

Les lèvres d'Isabelle sont recouvertes de gloss grenadine. Ça ne lui va pas du tout. Je jette un œil autour de moi mais n'aperçois aucun prof. Où sont-ils tous passés ?

– Je n'ai rien fait, dis-je d'une petite voix qui ne porte pas.

– Pfff… soupire Isabelle. Tu t'imagines vraiment qu'on va te croire ? La police est au courant, ils vont t'arrêter ! J'espère qu'ils vont te jeter en prison, ça ferait tellement de bien de ne plus avoir à te supporter tous les jours.

Ses yeux pétillent et ses doigts sont agrippés à son assiette, où les grains de riz et les bâtonnets de poisson frémissent dans une sauce rose.

– Je n'ai rien fait, dis-je encore, plus fort. Je n'ai aucune idée de ce qui est arrivé à Axel.

– Sale menteuse ! s'exclame Hanna en avançant d'un pas pour se glisser juste à côté d'Isabelle.

Elle a le visage cramoisi, les yeux écarquillés et rougis par les pleurs.

– On sait tous que c'est toi ! s'écrie Isabelle. T'es tellement chelou comme fille, on a tous compris que c'était toi ! Tu l'as tué !

Prise de panique, je reste muette mais pense : *Ne dis pas ça… Les jumeaux sont ici, ne dis pas devant eux que leur grand frère est mort. Je t'en prie.*

– Si la police n'avait pas été là, tu t'en serais prise à Rasmus ! rugit Isabelle. On sait tous que tu as essayé de le tuer, lui aussi !

Tout le monde retient son souffle dans la cantine et moi, je halète. Je voudrais protester, dire que je l'ai sauvé, que je me suis jetée sur lui pour le sortir d'un sortilège.

– Pourquoi t'as fait ça ? lance Hanna avec un sourire méchant. T'étais amoureuse d'Axel, c'est ça ? Il ne serait jamais sorti avec une fille comme toi !

J'aimerais rétorquer quelque chose, mais je ne peux prononcer un mot.

– Je n'ai tué personne, finis-je par bredouiller. Axel n'est peut-être même pas… il a peut-être juste disparu !

– Tu nous prends pour des débiles ? me coupe Isabelle. Tu crois qu'on n'a pas compris ?

– Arrête !

Je bondis de ma chaise pour tenter de m'échapper, mais tous les regards sont braqués sur moi et je n'ai nulle part où aller.

– Avoue ! insiste Isabelle. On sait que c'était toi, on l'a dit à la police.

– Vous ne savez rien du tout.

Les sanglots envahissent ma gorge, mais je ne veux pas qu'on me voie craquer.

– Personne ne te croit, continue Hanna. T'as toujours été une tordue, incapable de vivre avec les autres.

Au coin de sa bouche, un filet de salive luit à la lumière des néons. Isabelle s'approche encore. Il n'y a plus qu'un mètre entre nous.

– T'es qu'un monstre ! gronde-t-elle et elle projette son assiette contre ma poitrine.

De la sauce gicle sur mon pull.

– Lâchez-la !

Je ne reconnais pas tout de suite la voix mais aperçois bientôt Rasmus à l'entrée de la cantine.

– Elle vous a dit qu'elle n'avait rien fait, alors lâchez-la, reprend-il sous le regard médusé d'Hanna et d'Isabelle.

– Qu'est-ce que tu fous ? lance Hanna en serrant les poings.

– Tuva n'a rien fait. Je le sais puisque j'étais là, alors laissez-la tranquille.

– T'es pas bien ou quoi ? Elle a essayé de te tuer ! s'exclame Isabelle, plus furieuse encore.

Elle se tient toujours contre moi, derrière son assiette.

– Tu la protèges, c'est ça ? accuse-t-elle en se retournant vers Rasmus.

– Elle vient de vous demander d'arrêter et moi aussi. Pour une fois, vous ne pouvez pas juste la fermer ?

Isabelle devient blême. Je me dépêche de débarrasser mon assiette et de partir. Je quitte la cantine à toutes jambes, suivie de Rasmus. La sonnerie retentit à l'instant où nous atteignons les marches.

Je tremble encore de tout mon corps, mais l'air clair et frais d'automne m'aide à retrouver mon souffle.

– Elles vont t'en vouloir, dis-je en attrapant la rambarde pour qu'il ne remarque pas que je suis encore sous le choc.

– Si ça leur chante, répond-il en haussant les épaules.

Je murmure :

– Merci.

Rasmus lève simplement la tête et plisse les yeux vers le soleil. C'est peut-être son calme qui me donne du courage, en tout cas je me hisse sur la pointe des pieds et le prends dans mes bras.

Je n'avais jamais fait ça de ma vie, serrer un garçon contre moi. Et pour la première fois depuis qu'on se connaît, je n'ai pas peur qu'il ait honte de ma compagnie.

29

Lorsque nous arrivons sur le ponton, Rasmus me tend la main pour m'aider à débarquer, mais je fais semblant de ne pas le voir et m'extirpe toute seule du bateau-bus. Puis je regarde Österman manœuvrer et s'éloigner.

Hanna et Isabelle sont assises côte à côte, leurs têtes appuyées l'une contre l'autre. Nous n'avons pas échangé un regard depuis l'épisode de la cantine. Mon pull est toujours taché de rose.

– Voilà… dit Rasmus.

L'ambiance est soudain un peu bizarre. Je tape des pieds sur le sol et me frotte les bras pour me réchauffer. Papa n'avait pas l'air serein, tout à l'heure, quand je l'ai appelé pour lui demander si je pouvais aller chez un ami après l'école, au lieu de rentrer directement.

J'ai cru qu'il allait dire non, mais il a accepté à condition que je l'appelle pour qu'il vienne me chercher.

– Ça caille, commente Rasmus, les lèvres tremblantes. On va chez moi ?

Il commence à monter l'allée pavée, et je le suis. Je me demande à quoi ça ressemblait, ici, avant la construction de leur maison. Tout est si joli et si soigné, rien à voir avec le sentier couvert d'épines qui mène chez nous.

Je demande :

– Il y a quelqu'un chez toi ?

– Aucune idée. Ma mère, sans doute.

La demeure est très grande et différente de ce qu'on voit dans l'archipel, en tout cas des maisons rouges aux contours de fenêtres blancs, ces bicoques défraîchies qui émaillent Harö et Runmarö. La sienne est faite de métal et de verre, et a une forme anguleuse. Un vaisseau spatial qui aurait atterri par erreur sur cette île. En arrivant sur le seuil, Rasmus remarque mon regard étonné.

– C'est mon père qui l'a dessinée, explique-t-il, l'air de s'excuser. Il est architecte. Presque tout le monde trouve que la maison ne colle pas très bien avec le paysage.

– Non, non, dis-je en haussant les épaules. C'est joli.

Il m'adresse un sourire par-dessus son épaule et tourne la poignée. En entrant, nous entendons quelqu'un vociférer au téléphone, puis se taire dès que Rasmus claque la porte derrière nous.

– Rasmus ? lance une voix aiguë.

– Salut, maman.

Des petits pas s'approchent du vestibule. Je me dis tout d'abord que la femme qui apparaît dans l'angle du couloir ne ressemble pas du tout à Rasmus, mais peu à peu je remarque qu'ils ont des traits en commun : le même nez, les mêmes sourcils francs. Ce sont les cheveux qui m'ont déroutée, cette crinière bouclée rouge vif qui attire l'œil. À côté, mes mèches blondes doivent sembler encore plus fadasses.

Elle porte un chemisier noir et un pantalon bouffant assorti. À son cou est accroché un collier orné d'une pierre couleur émeraude.

– Bonjour ! me salue-t-elle joyeusement et je constate que Rasmus tient d'elle ses fossettes. Je suis Linda, la mère de Rasmus.

– Moi, c'est Tuva.

Son sourire s'élargit.

– Vous êtes dans la même classe ?

– Oui.

Je voudrais ajouter quelque chose d'intelligent, de drôle et de charmant pour qu'elle m'aime bien, mais je ne trouve rien.

– Vous avez faim ? Vous voulez grignoter quelque chose ? dit-elle en lançant un coup d'œil à Rasmus.

– Il reste des brioches à la cannelle ? demande-t-il.

Linda rassemble sa crinière rousse dans sa nuque, puis l'enroule en un chignon qu'elle s'apprête à fixer avec un crayon sorti de sa poche.

– Oui, je crois, répond-elle en piquant le crayon dans ses cheveux. Regarde dans le congélo, c'est là que ton père a dû les mettre.

Rasmus esquisse un pas, mais elle lui barre la route pour lui ébouriffer les cheveux et lui donner un petit baiser sur le front. Maman n'aurait jamais fait ça.

– Ravie d'avoir fait ta connaissance, Tuva, lance-t-elle ensuite dans mon dos, tandis que nous allons vers la cuisine.

Rasmus met quelques brioches à décongeler au micro-ondes et verse du lait dans deux verres. Ses mouvements sont lents. En le voyant traîner les pieds comme ça, je me demande s'il regrette de m'avoir fait venir chez lui. Puis il s'immobilise quelques secondes, l'air de s'interroger. Il me jette un regard sous sa mèche et lance :

– On va dans ma chambre ?

La chambre de Rasmus est beaucoup plus grande que la mienne. Sur tout un mur, s'étire une baie vitrée qui donne sur la mer. Il y a un mois, j'aurais tout donné pour avoir une vue pareille chez moi, mais là je tourne le dos à la fenêtre. Sur le mur d'en face, est accroché un tableau avec des lignes abstraites de toutes les couleurs.

– C'est ma tante qui l'a peint, précise Rasmus d'un ton gêné.

Ce sont des traits rouges, verts et violets, aux nuances si fortes qu'elles me font presque mal aux yeux. Mais le motif me plaît.

Je m'assieds sur la chaise pivotante noire installée devant le bureau, puis demande :

– Elle fait quoi, dans la vie ? Ta mère, je veux dire.

Rasmus s'installe sur son lit, qui est aussi beaucoup plus grand que le mien, mais défait. En regardant les draps anthracite froissés, je me dis que maman serait folle si je ne faisais pas mon lit tous les matins avant d'aller à l'école.

– Elle écrit des articles pour les journaux, répond-il. Elle travaille à la maison.

Avec une moue, il ajoute :

– Elle trouve qu'ici l'environnement est plus créatif. L'archipel l'inspire, comme elle dit.

Cette idée n'a pas l'air de l'enchanter.

– Avant, on avait une maison de vacances dans le coin, c'est comme ça que j'ai rencontré Axel et qu'on est devenus amis. Et quand mes parents ont décidé de s'installer dans l'archipel pour de bon, ils ont acheté ce terrain et construit cette maison.

– Tu n'aimes pas vivre ici ?

– Bof… Mes sœurs sont restées à Stockholm, elles ont fini le lycée toutes les deux. Moi, je suis le petit dernier. J'aurais préféré rester en ville avec elles, mais bon…

Il hausse les épaules.

– Ce n'est pas comme si on m'avait demandé mon avis. Ma mère avait déjà tout décidé.

– Je comprends, dis-je, même si ce n'est pas vrai.

– À Stockholm, tout était différent. J'avais plein de copains, je faisais du foot dans un club et tout… Je n'avais pas besoin de monter dans un bateau pour aller quelque part, il suffisait de prendre le métro.

Il s'esclaffe.

– C'est dingue, non ? Que le métro puisse me manquer…

Et il tend le bras pour attraper un des deux verres de lait.

– Parfois, ma mère me fatigue. Elle a un tas d'idées que tout le monde doit suivre. Mon père, lui, ne dit rien, il se contente de lui obéir. Tu vois, quoi…

Moi ? Je n'ai aucune idée de ce que ça doit être d'avoir une jolie maman rousse qui accueille joyeusement mes amis et m'embrasse sur le front quand je rentre de l'école.

– Tu as toujours l'air si content, dis-je en pivotant sur ma chaise.

Rasmus lève les yeux au ciel.

– Personne n'aime les gens qui se plaignent. C'est plus facile de sourire et de faire semblant.

Après un court silence, il ajoute d'une voix sombre :

– Cette histoire avec Axel… C'est affreux, mais en même temps… ça m'arrange. Maintenant, j'ai le droit d'être fâché et de montrer que je suis triste.

Dehors, le vent siffle et fait ployer les pins couchés le long de la plage. De petites oies blanches flottent sur l'eau.

– Je ne suis plus obligé d'être toujours de bonne humeur, murmure Rasmus.

Je passe la main dans mes cheveux mais, comme toujours, ils sont tout ébouriffés et ne se laissent pas faire.

– Merci d'avoir pris ma défense, tout à l'heure à la cantine, dis-je, les yeux baissés.

J'imagine qu'il rougit tandis qu'il se penche en avant pour lisser sa couette sur son lit.

– C'était super courageux, comme Hanna et Isabelle sont tes amies, dis-je avant de goûter la brioche.

– Elles ne le sont plus, répond-il en ricanant.

Je souris et reprends :

– Tu as remarqué que les policiers ne m'ont pas appelée de la journée ?

– Oui, j'y ai pensé.

– Alors qu'elles leur ont forcément dit que c'était moi. Tu penses qu'ils les croient ?

La peur me pince la poitrine, mais Rasmus lâche un soupir :

– Ces pestes ? Bien sûr que non.

Il a englouti une première viennoiserie et tend la main vers une seconde.

– Tu crois qu'on devrait parler à Ivar, le grand policier ? Pour… pour lui dire la vérité ?

Je n'ose pas le regarder.

– Je ne sais pas, fait-il.

– Peut-être qu'il nous croirait.

– Toi, tu croirais à notre histoire ? rétorque-t-il avant de mordre goulûment dans sa brioche à la cannelle.

Je repense soudain à l'ombre recroquevillée qui pesait sur ma poitrine et aux créatures murmurant dans mes rêves. L'impression revient : quelque chose flottait dans ces yeux…

– Je suis sûr que non, répond Rasmus à sa propre question.

30

Une voix résonne dans l'escalier. C'est la mère de Rasmus qui s'égosille :

– Rasmus ! Le repas sera prêt dans une demi-heure ! Ton amie reste dîner avec nous ?

Ça fait des heures que je n'ai pas jeté un œil par la fenêtre. En constatant qu'il fait nuit noire, je me sens soudain angoissée. Quand le soleil s'est-il couché ? Je n'ai rien vu venir, je n'ai même pas pensé que le temps s'écoulait et que la nuit tomberait.

– Je dois appeler mon père pour qu'il vienne me chercher, dis-je d'une voix nerveuse.

Rasmus remarque forcément mon changement de ton. Quelques secondes plus tôt, on rigolait tous les deux, mais il a suivi mon regard inquiet vers la baie vitrée et il ressent mon stress.

Je sors mon portable de ma poche et appelle Papa : il peut être là dans vingt minutes. Rasmus entrouvre la bouche, l'air de vouloir protester, mais je le coupe aussitôt :

– Je dois rentrer.

De nouveau, nos regards sont attirés par la mer. Dans le noir, nous distinguons à peine l'eau, mais l'éclairage de l'embarcadère laisse voir que les vagues sont beaucoup plus hautes que tout à l'heure et que des bourrasques s'écrasent sur la maison. Le vent s'est levé.

– On aurait dû mettre un réveil, dis-je en me forçant à sourire.

– On y pensera la prochaine fois.

La main de Rasmus effleure la mienne. Puis nous restons tranquillement assis jusqu'à ce que se fasse entendre le vrombissement d'un moteur de bateau. Je n'ai pas besoin de regarder dehors pour savoir que c'est mon père.

Rasmus m'accompagne jusqu'au vestibule, où j'enfile mes chaussures et mon blouson. Sa mère, les lunettes remontées sur le front, me fait la bise, puis elle affiche le sourire dont Rasmus a hérité.

– La prochaine fois, j'espère que tu resteras dîner !

– Avec plaisir. Merci pour l'accueil, c'était très chouette de venir chez vous.

Maman serait fière de moi, me dis-je, tandis que Rasmus ouvre la porte. Plus nous approchons du ponton, plus je sens que mon estomac n'est qu'un gros paquet de nœuds. Comment ai-je pu laisser le temps filer ? Comment ?!

Je me demande si je vais survivre à ce trajet en mer.

Les vagues se brisent sur le ponton au bout duquel mon père m'attend, à bord de notre bateau malmené par la houle. Même sans la peur de ce qui nage sous l'eau, ce ne serait pas un soir pour naviguer. Il souffle un vent d'est glacial.

– Ohé, Tuva ! s'écrie papa depuis la cabine.

Je me tourne vers Rasmus.

– À demain, dis-je.

– Promets-moi d'être prudente, marmonne-t-il.

Même si je ne sais pas comment tenir cette promesse, je hoche la tête. Alors que je m'apprête à embarquer, il me donne une bise rapide, puis il me regarde monter à bord. Papa lui adresse un signe de la main et démarre. Rasmus disparaît bien trop vite à la poupe du bateau.

31

– Ça va ? me demande papa à travers le vent.

Je me force à sourire.

– Oui, oui.

Il hoche la tête, le regard braqué sur le chenal. Le phare de Getholmen brille au loin, mais papa vire vers Yxhammarkobben, et la lumière disparaît.

Oh non… Il va passer par Kanholmsfjärden ! Je pensais qu'il comptait prendre la route intérieure, au nord de l'île d'Eknö, mais il doit vouloir s'abriter du vent d'est.

La baie est trop profonde. Tout ce qui est profond est dangereux, les profondeurs nous attirent à elles.

Papa ne remarque pas ma panique, il conduit mollement. Mais la mer prend vie sous nos pieds, je le sens à travers la coque bien trop fine. Et comme dans mes rêves, j'entends des murmures dans une langue étrangère, ces mots qui ne veulent pas que je les comprenne.

– C'était sympa, chez ton ami ? me demande papa.

– Oui... Super sympa, dis-je, mais intérieurement je crie : *Tais-toi et accélère !*

Des images m'envahissent : la carcasse du rafiot de Jacobsson ; Axel, perdu dans le brouillard ; le regard rougi de sa mère, sur le ponton, ce matin, lorsqu'elle a serré les jumeaux dans ses bras comme si elle ne voulait plus jamais les lâcher.

– On peut aller plus vite, papa ?

Ma voix n'est qu'un léger murmure.

– Quoi ?

J'abandonne, ne sachant comment lui expliquer quelque chose que je ne saisis pas moi-même. La peur se diffuse dans mes veines, elle s'insinue dans tout mon corps et paralyse mes cordes vocales.

– Non, non, rien.

Les îles ne sont plus que des masses aux contours flous. Les arbres nus, comme dessinés à l'encre de Chine, forment des silhouettes presque invisibles s'étirant dans la nuit. Je frissonne et enfouis les mains dans mes manches, mais le froid ne me lâche pas.

Depuis que le soleil s'est couché, la température a chuté en dessous de zéro. La lune a beau briller dans le ciel étoilé, elle ne chauffe pas.

Tout à coup, le bateau tangue. Je m'agrippe au bastingage et m'écrie :

– Tu as senti ?

– Senti quoi ? s'étonne papa.

– Un coup. On a heurté quelque chose !

Il passe son bras sur mon épaule.

– N'aie pas peur, j'ai juste tourné un peu trop brusquement. Qu'est-ce que tu as, ce soir ?

Serait-ce mon imagination ? Je n'en peux plus d'être constamment angoissée. La peur me suit comme mon ombre. Ma gorge est serrée depuis si longtemps que je ne sais plus comment la détendre. *Tu n'as pas le droit de me faire ça. La mer est à moi, tu ne peux pas me la prendre !* me dis-je, sans savoir à qui je m'adresse.

Alors je prends le bras de papa.

– J'ai envie de piloter.

– Quoi ?

– S'il te plaît, papa, laisse-moi conduire !

Il accepte finalement qu'on échange nos places et garde la main sur le volant jusqu'à ce que je l'attrape. Mais j'ai un geste maladroit et je frôle dangereusement un rocher.

– Qu'est-ce que tu fais ? s'exclame-t-il en s'agrippant pour ne pas vaciller.

Je ne réponds pas, concentrée sur l'accélérateur.

Nous arrivons au nord d'Hasselkobben. C'est ici que samedi matin j'ai failli chavirer alors qu'il y a presque soixante mètres de fond et pas un seul écueil, je le sais pertinemment.

– Tuva, ralentis, me dit papa d'une voix inquiète. Tu vas beaucoup trop vite.

Je l'ignore, fixant les contours sombres d'Harö qui apparaissent au loin. Atteindre l'île, c'est tout ce qui peut nous sauver.

Mais on nous a pris en chasse. Les poils de mes bras se hérissent quand je réalise que la créature n'est pas loin. Comment ai-je pu croire qu'elle n'allait pas nous remarquer ? Comment ?!

Je m'écrie :

– Non, papa, je ne peux pas !

La vitesse est à son maximum. J'implore, supplie n'importe quel dieu pour pouvoir accélérer, mais mes prières ne sont pas écoutées : la créature approche encore et encore, réduisant de plus en plus vite la distance qui nous sépare. Je la pressens même si je ne la vois pas et je sais qu'elle n'est qu'à quelques mètres de nous.

Trop tard.

Elle arrive, là, maintenant.

BAM !

La violence du coup anéantit le monde qui m'entoure. Alors que tout tourbillonne, je reste étrangement calme.

Le bateau se retourne… Nous chavirons.

L'accident se passe au ralenti, si lentement que je

vois la mer prendre la place du ciel, et la quille se renverser à la surface de l'eau. Papa et moi sommes projetés dans les vagues.

L'eau est glaciale, mais je n'ai pas le temps d'y penser. Je me dépêche de plonger sous la coque et d'écarquiller les yeux. Grâce à une sorte de brume vert clair lumineuse, ma vue s'habitue vite à l'épaisse obscurité sous-marine. Dans une spirale de bulles, des objets se précipitent vers le fond : quelques pièces, un vieux paquet de chewing-gums et une botte qui étaient à bord du bateau.

Voilà papa : une grande silhouette noire et immobile contre la coque. Il devrait me voir, mais quelque chose ne va pas : au lieu de nager, il sombre.

Je n'ai pas le temps de penser à ce qui nous pourchasse. J'arrache mon gilet de sauvetage et pique vers lui, quelques mètres plus bas. La pression devrait m'assourdir, mais rien ne se passe du côté de mes oreilles.

Comme la mer m'avait manqué ! Mon corps retrouve ses réflexes, et je ne ressens ni le froid ni la peur tandis que j'exécute d'énergiques mouvements de brasse pour tenter de rejoindre papa. Mais mes vêtements me retiennent. Tout en continuant à nager, je défais la fermeture Éclair de mon blouson et m'en débarrasse puis retire mes chaussures pour pouvoir battre des pieds librement, en direction de papa.

Là, son bras.

Quand je l'attrape, je vois une grande entaille dessinée sur son front. Un voile de sang ondule devant son visage aux traits relâchés. Ses yeux sont fermés.

L'air commence à me manquer, mes poumons me font mal, mais je dois ramener papa à la surface. C'est tout ce qui compte. Je le saisis par les deux bras et agite les jambes de toutes mes forces pour remonter. Mes poumons brûlent et mes muscles menacent de lâcher quand j'émerge enfin. Je reprends hâtivement mon souffle, mais mon père reste inconscient.

– Papa ! Réveille-toi !

Il faut rejoindre le rivage, mais je n'arriverai pas à nager en le portant. Il est beaucoup trop lourd pour moi et mes bras déjà tout engourdis ne tiendront plus longtemps.

Soudain, ses paupières frémissent et je l'entends bredouiller :

– Åsa ?

– Non, papa, non, c'est Tuva ! Tu dois nager, je ne peux pas te porter, tu es trop lourd !

Tout en haletant sous l'effort, je souffle de soulagement. Enfin il bouge, je m'écarte et nage à côté de lui. Papa a toujours l'air étourdi, mais il réussit à patauger. Au loin, j'aperçois la plage d'Hasselö. On peut y arriver, il le faut !

– Allez, papa, continue ! dis-je en m'efforçant de le guider vers le rivage.

– Qu'est-ce qui s'est passé ?

Je me retourne pour voir notre bateau. La carcasse a disparu.

– Je ne sais pas. Quelque chose nous a foncé dedans, ça peut revenir à tout moment. Tu dois aller plus vite, papa !

Mais elle est de nouveau là, cette force brute. Elle revient, elle nous encercle. Pourquoi papa ne remarque-t-il rien, pourquoi ne réagit-il pas ? Dans l'eau, elle est mille fois plus puissante : un battement continu qui me pénètre jusqu'à la moelle, faisant trembler mon squelette et grincer mes dents. Comme si le désespoir et la mort surgissaient d'un coup.

Elle est là, sous nos pieds. L'eau bouillonne autour de nous et un tourbillon se creuse, de plus en plus large, de plus en plus profond.

Je dois sauver papa.

– Pardon ! m'écrié-je au-dessus des vagues. Tout est ma faute, je savais qu'on ne devait par naviguer la nuit. Pardon, papa. Va jusqu'au rivage, promets-le-moi !

Puis je prends une grande inspiration et plonge.

32

La brume verte flotte doucement.

Sous l'eau, tout est incroyablement calme, par rapport à la tempête qui fait rage en surface. Exceptionnellement, je ne suis pas effrayée mais déterminée, et ce sentiment repousse tout le reste.

La mer est à moi. Toi, tu n'as pas ta place ici.

Le fond s'étend sous mes pieds, mais il se passe quelque chose d'étrange : au lieu d'être tapissé de vert, il est gris et en décomposition. Je ne vois aucune végétation, ni algue ni plante aquatique, juste de la boue, exactement comme dans le reportage qu'on nous a montré à l'école.

Soudain, je me sens seule et abandonnée. Ce n'est pas normal, je le sais : je devrais avoir des amis, une famille, des gens qui se réuniraient autour de moi.

Ensemble, on aurait été forts. Où sont-ils donc tous passés ?

Du coin de l'œil, je perçois un mouvement. Quelque chose serpente dans mon dos, à la fois assez loin et trop près de moi. Un immense danger. Tout me dit de fuir, mais mon instinct prend le dessus.

J'ouvre la bouche, emplis mes poumons d'eau et hurle avec une force dont je ne me savais pas capable.

Ma voix brise la mer comme du verre. Une cascade de sons s'échappe de ma gorge dans toutes les directions. L'eau frémit, bouillonne, et cette fois j'en suis la cause. La tête rejetée en arrière, je crie et chante à pleine voix, propulsant des ondes sonores qui secouent, soulèvent et tourmentent la mer.

J'entends un claquement, puis la plainte misérable, étranglée d'une créature blessée en fuite. À travers la brume verte devenue plus obscure, je vois une ombre se recroqueviller puis disparaître.

Alors que je me sens plus forte que je ne l'ai jamais été, je suis prise d'un vertige. Comme dans mes rêves, mes poumons s'embrasent, ma poitrine se déchire et je ne sens plus mes membres.

Je ne flotte plus, je coule.

Tu ne peux pas respirer sous l'eau, me dit une

voix intérieure d'un ton désolé. *Tu n'as plus de branchies.*

Mon champ de vision se réduit.

Lorsque les humains tentent de respirer sous l'eau, ils perdent la vie.

Puis vient le noir.

33

J'ai très mal. J'essaie de me débattre pour chasser la douleur, mais quelqu'un m'écrase la poitrine.

Je voudrais dire « Stop ! » mais je manque d'air et ne produis qu'un gémissement. Sentant soudain une boule jaillir de ma gorge, je me redresse, hoquette et rends ce qui me semble être des litres d'eau trouble.

Puis je m'effondre sur le côté. Mon corps se contracte à chaque inspiration.

– Tuva ?

Percevant l'inquiétude dans la voix haut perchée de papa, je me force à entrouvrir les yeux. Je reconnais son visage, même si ses traits sont flous. Il a l'air de sortir d'un film d'horreur, trempé jusqu'aux os, du sang plein le front et le regard effrayé.

Je referme les yeux.

– Papa…

De mes lèvres toutes sèches, ne s'échappe qu'un murmure.

– Tuva ! Tu m'entends ?

Je suis trop épuisée pour répondre. J'ai mal partout, aux poumons et surtout à la gorge. Je hoche mollement la tête.

– Dieu merci, dit papa en me serrant beaucoup trop fort dans ses bras.

Je n'ai pas la force de répondre à son embrassade. Des larmes coulent de mes yeux clos et roulent sur mes joues.

– Je suis si contente que tu sois en vie, réussis-je à articuler d'une voix rauque que je ne reconnais pas.

– Moi aussi, ma chérie, fait-il d'une voix brisée.

Papa pleure, lui aussi. Il me berce un long moment, avant de me coucher, de se lever et de fouiller dans la poche de sa veste d'où il sort son téléphone.

– Tuva… Qu'est-ce qui s'est passé ? Qu'est-ce que je dis aux secours ?

Je verse des larmes. C'est impossible à expliquer. Entre deux sanglots, je lui réponds :

– Dis qu'un scooter des mers nous est rentré dedans.

34

– Regarde-moi, me dit le médecin en m'éclairant les pupilles avec une lampe de poche miniature.

Je lui obéis, même si la lumière m'éblouit. Le docteur a d'épais cheveux gris et des yeux marron foncé.

– Comment te sens-tu ? me demande-t-il avec un léger accent, en rangeant la petite lampe dans la poche de sa blouse.

– Épuisée. Et j'ai mal partout, surtout à la gorge et dans la poitrine.

Même parler m'est difficile, tant mon corps a souffert. J'ai l'impression que ma cage thoracique n'est plus qu'une grande plaie béante.

– Vu toute l'eau que tu as avalée, ce n'est pas étonnant… Ça passera d'ici quelques jours.

La pièce est bien chauffée, mais je grelotte et

n'arrive pas à contrôler mes tremblements. Le médecin sort du placard une autre couverture dont il m'enveloppe les épaules.

– Merci, lui dis-je d'une voix que je ne reconnais pas.

– Tu as eu une chance inouïe, déclare le médecin. Repose-toi. Veille à bien manger et à bien dormir. Je doute que tu aies envie de courir à droite à gauche, mais on ne sait jamais.

Je hoche la tête et frissonne.

– Ta mère vient d'arriver, reprend-il. Je la fais entrer ?

– Maman ? dis-je d'un ton à la fois soulagé et inquiet.

Le médecin opine avec un drôle de regard, puis il me tapote l'épaule et sort de la pièce. En entendant des murmures derrière la porte, je me blottis sous ma couverture.

La porte ne tarde pas à s'ouvrir. Maman fait deux grands pas vers moi pour me serrer dans ses bras, si fort que je suis à deux doigts d'étouffer. Je n'arrive pas à lui rendre son câlin, parce que mes bras sont coincés sous les siens. Quand elle me relâche enfin, elle pose ses mains sur mes joues et examine mon visage comme si elle cherchait à voir quelque chose.

Je souffle :

– Comment va papa ?

Maman s'assied sur la chaise à côté du brancard, là où le médecin était installé à l'instant.

– Bien, vu les circonstances, répond-elle de son ton d'infirmière. Il a eu un léger traumatisme crânien et on lui a fait quelques points de suture au-dessus du sourcil.

Son regard est animé d'une lueur. Je ne peux pas m'empêcher de lui demander :

– Qu'est-ce que qu'il a dit aux secours ?

– Que quelque chose vous avait foncé dedans. Sans doute un scooter des mers qui n'avait pas mis ses feux.

– Je dois leur parler, moi aussi ?

Maman secoue la tête.

– Les explications de ton père leur suffisent.

Elle a le teint pâle et de larges cernes sous les yeux. Sa bouche me paraît plus grande et son nez, plus fin. En fait, tout son visage semble nu, comme s'il lui manquait une couche de peau.

– Ce n'était pas un scooter, dis-je tout bas.

Maman laisse échapper un son, un mélange de soupir et de sanglot.

– Je comprends.

– Comment tu pourrais comprendre ?

– Ton père m'a raconté ce qui s'est passé.

La nervosité qui l'habite toujours s'est envolée. Maman est assise sur sa chaise et ne tripote pas son alliance, comme elle le fait d'habitude quand elle est contrariée. Pour une fois, elle reste tranquille.

– Qu'a dit papa ?

– Suffisamment pour que je comprenne.

Je n'ose pas la regarder.

– La semaine dernière, quand Axel a disparu… dis-je en reniflant. Quand j'ai trouvé Rasmus dans la forêt, il n'était pas perdu : quelque chose l'attirait au fond des bois.

Je me racle la gorge.

– C'étaient des elfes. Je sais que ça n'existe pas, mais c'étaient des elfes, pour de vrai. Je leur ai dit de déguerpir et ils m'ont obéi.

Du dos de la main, je sèche les larmes qui roulent sur mes joues.

– Et tout à l'heure, une créature nous a pourchassés. J'ai réussi à la faire partir, je ne sais pas comment, mais je l'ai blessée. J'ai hurlé jusqu'à ce qu'elle nous laisse en paix.

Un profond silence envahit dans la pièce. Des paroles me démangent, mais je n'ai pas envie de les prononcer. Je voudrais me taire à jamais pour ne pas avoir à entendre la réponse. Pourtant, j'ai besoin de savoir :

– Tu n'es pas ma mère, hein ?

Maman écarquille les yeux.

– Et papa n'est pas mon père…

Mes mots restent en suspens dans l'air. Ma gorge

se serre, mais ça n'a rien à voir avec les litres d'eau que j'ai avalés.

– Alors ?

Elle se penche pour me prendre de nouveau dans ses bras. Ses joues sont aussi mouillées que les miennes.

– Tu es ma Tuva, murmure-t-elle.

– Mais je ne suis pas ta fille.

– Tu n'es pas sortie de mon ventre, mais tu es ma fille.

– C'est l'accident de bateau, c'est ça ?

Maman hoche lentement la tête.

– Qu'est-ce qui est arrivé à la vraie Tuva ?

Elle ne me le dira pas, elle ne reviendra pas sur ces choses graves qui doivent rester enfouies dans le passé. Maman me serre plus fort encore, me pressant désespérément contre elle, et répond :

– La vraie Tuva, c'est toi. Même si je ne t'ai pas donné la vie, tu es ma fille et je suis ta mère. Tu es ma Tuva, ma Tuva à moi. Rien ne pourra jamais changer ça.

Maintenant, je pleure toutes les larmes de mon corps. Je sanglote contre sa poitrine et peux à peine respirer.

– Tuva… Ma petite Tuva, susurre-t-elle en me caressant les cheveux.

MARDI

35

Le lendemain, Österman vient nous chercher pour nous conduire chez nous, à Harö. C'est gentil de sa part, vu qu'on n'a plus de bateau. Comment papa va-t-il se déplacer d'île en île pour travailler, maintenant ? Et maman, comment ira-t-elle faire ses gardes à la clinique de Djurö ? Pendant les heures d'hiver, les navettes ne sont pas si fréquentes.

Je suis trop fatiguée pour réfléchir. Quelqu'un trouvera une solution. Dès que nous arrivons à la maison, je monte dans ma chambre, me couche et m'endors instantanément.

Le soir, maman m'apporte un plateau avec des macaronis, des saucisses grillées et du ketchup. Sa voix, plus douce que d'habitude, indique qu'elle aussi est épuisée.

Elle reste à mon chevet pendant que je mange, en caressant de temps en temps ma jambe qui dépasse de ma couverture. Après avoir englouti mon repas, je lui demande :

– Comment tu as su ?

Elle a l'air de comprendre la question, mais je précise :

– Que je n'étais pas ta fille ?

Elle pousse un léger soupir.

– À tes yeux, répond-elle. Elle… l'autre enfant… elle avait les yeux gris, comme moi, alors que les tiens sont verts. Quand tu étais bébé, ils étaient déjà de cette couleur.

J'avale ma salive, même si ça me fait mal à la gorge. Je voudrais écourter cette conversation, pourtant je dois continuer :

– Pourquoi tu ne m'as jamais rien dit ? Pourquoi tu ne m'as jamais expliqué que je n'étais pas ta fille ?

Des expressions contradictoires passent sur son visage. Un instant, je crois qu'elle ne va pas répondre, mais elle murmure :

– C'est ton père.

Elle détourne les yeux, l'air d'hésiter un instant.

– Il était persuadé que tu étais… toi. Il le voulait tellement. D'où est-ce que tu pouvais venir si tu n'étais pas notre petite fille ?

Moi qui espérais une réponse… Ses mots me

blessent plus que je ne l'aurais cru. J'éprouve ce à quoi les gens de l'école ne sont jamais parvenus, malgré leurs efforts : je me sens petite, insignifiante et de trop.

Aussitôt, la rage s'empare de moi comme un feu ardent. La fureur de ne pas être sa fille et, pire, le sentiment de ne pas savoir d'où je viens, ni où est ma place.

Maman me prend les mains pour les serrer dans les siennes.

– Tu avais besoin de moi, Tuva. Tu avais besoin d'une maman.

La douceur de sa voix apaise un peu les épines qui m'éraflent le cœur. Ma colère s'évapore aussi vite qu'elle est apparue. Je sens la chaleur de ses doigts contre ma peau froide.

– Mais du coup, je suis qui ?

– Je ne sais pas vraiment, bredouille-t-elle, d'un ton qui laisse entendre qu'elle me cache quelque chose.

Ça fait beaucoup à digérer d'un coup, beaucoup trop. Même si j'ai des soupçons, je ne suis pas encore prête à entendre maman me dire la vérité.

– Je suis un être humain, au moins ?

Je voudrais qu'elle m'assure que oui, mais elle se tait. Alors je ressens le besoin de le proclamer haut et fort :

– Je suis un être humain !

Je ne sais même pas si c'est vrai. J'entends encore la petite voix qui me parlait sous l'eau, la voix qui, à travers la brume verte, me disait : « Tu n'as plus de branchies. »

Depuis l'accident, je n'ai pas osé me regarder dans un miroir, je n'ai pas osé me toucher le cou, palper les petites cicatrices roses qui s'étirent derrière mes mâchoires. Ces balafres que j'ai depuis toujours.

Les êtres humains n'ont pas de branchies.

Ce n'est pas possible, me dis-je, essayant de me convaincre moi-même. *Ce ne sont pas des branchies mais des cicatrices. Je les ai depuis cet accident de bateau, autrefois. Papa me l'a expliqué mille fois : quand le voilier a chaviré, je suis tombée sur quelque chose de tranchant dont j'ai gardé la marque.*

– Ta grand-mère… déclare maman, manifestement à contrecœur. Elle croit…

Elle retient son souffle un instant. Je vois qu'elle a les larmes aux yeux, elle qui ne pleure jamais. Elle bat des cils, puis abandonne et laisse couler ses larmes.

– Elle croit savoir d'où tu viens, balbutie-t-elle en se séchant les yeux du dos de la main.

Mamie Gerd, évidemment. J'ai le sentiment de l'avoir toujours su. Mamie m'a toujours regardée d'un air soupçonneux.

La fatigue me donne des vertiges.

– Je dois dormir un peu, dis-je.

Maman se penche pour me border. Elle remonte délicatement la couverture, me caresse les cheveux puis glisse une mèche derrière mon oreille.

– Je ne sais pas d'où tu viens, murmure-t-elle, mais je suis heureuse que tu sois arrivée chez nous.

36

Me revoilà dans la mer, loin sous la surface.

Je flotte dans une étendue verte, et lorsque je prends une profonde inspiration, l'eau ruisselle à travers les branchies grandes ouvertes de mon cou.

Soudain, les images se superposent.

À travers le voile vert scintillant, je me vois paisiblement couchée sur mon lit, dans ma chambre plongée dans l'obscurité. Je réalise que je nage en plein rêve, mais je ne m'en étonne pas.

Mes yeux restent clos.

Me revoilà dans la mer, près du danger, près du mal. La créature serpente au-dessus de ma tête, tandis que l'eau frise et bouillonne. Elle s'approche avec la même fureur que lors de notre accident, mais cette fois je rassemble toutes mes forces. Cette fois, je n'abandonnerai pas, la peur ne m'arrêtera pas.

J'essaie tant bien que mal de me réveiller. Mes paupières frémissent.

Une voix me souffle des mots à l'oreille.

Quelqu'un veut me forcer à rester endormie, mais maintenant je connais cette créature et sais que je peux lui résister.

La repousser.

Je me réveille en sursaut et m'assieds sur mon lit.

Quelque chose glisse de mon buste et j'aperçois furtivement l'ombre qui, à l'instant, était blottie contre moi. Cette fois, je ne suis pas choquée de sentir encore ses griffes sur ma poitrine.

Ses yeux écarquillés luisent dans le noir. L'autre nuit, j'ai su que je les connaissais, et maintenant tout s'éclaire quand je distingue un éclat doré sur ses dents.

L'ombre voit que je suis réveillée, elle comprend que j'ai compris.

Avant de disparaître, je l'entends distinctement cracher :

– Merde !

MERCREDI

37

Il fait toujours nuit lorsque, au petit matin je m'assieds à la table de la cuisine. Papa dort et maman est dans la salle de bains. J'entends le bruit de la douche.

J'allume l'ordinateur, tape « Rasmus Sylvander » dans le moteur de recherche puis appuie sur la touche « Entrer ». Le numéro de Rasmus a coulé avec mon mobile qui gît quelque part dans les fonds marins.

Le premier résultat, c'est sa page Facebook. Je n'y trouve aucun numéro, mais son fixe apparaît dans les Pages jaunes. J'espère que c'est le bon Rasmus et que ses parents ne seront pas fâchés que j'appelle si tôt.

Du bout de mon pouce moite, j'entre le numéro sur le portable que j'ai chipé à papa. Ça sonne.

– Allô ?

C'est sa mère, Linda. Elle semble confuse, comme si elle venait de se réveiller.

– Bonjour, dis-je d'une voix encore enrouée par le sommeil. C'est Tuva, la copine de classe de Rasmus.

J'ai rencontré cette femme deux jours plus tôt, mais j'ai l'impression de la connaître depuis une éternité.

– Oh, Tuva ! dit-elle, étonnée.

– Excusez-moi d'appeler si tôt.

– Non, non, aucun problème. Rasmus est levé, tu veux lui parler ?

– Oui, s'il vous plaît.

Dans le silence, j'entends mon cœur battre et le robinet de l'évier goutter. Je presse le téléphone contre mon oreille. Le soleil ne s'est toujours pas levé.

– Tuva ! Tout va bien ? demande tout à coup Rasmus dans le combiné.

On dirait qu'il tient l'appareil collé à la bouche.

– Hier, tu n'étais pas en cours, poursuit-il d'un ton véhément. Lena nous a dit que tu avais eu un accident, mais personne ne nous a expliqué ce qui s'était passé. J'ai essayé de t'appeler un milliard de fois !

Il est hors d'haleine. Je m'en veux : j'aurais dû l'appeler plus tôt, lui donner signe de vie, lui dire que je n'étais pas blessée. Mais depuis quelques jours je suis prise dans un tourbillon d'angoisse. Hier soir, j'étais si fatiguée que je ne pouvais même pas réfléchir.

– Elle nous a pourchassés, dis-je d'une petite voix. Et elle a fait couler notre bateau.

Un ange passe. Je n'entends plus que le ronronnement du frigo.

– Comment tu te sens ? me demande-t-il quelques secondes plus tard.

– Difficile à dire.

C'est vrai que je suis patraque, mais ce n'est pas ce qui compte pour l'instant. J'enchaîne :

– Rasmus, ne va pas à l'école aujourd'hui. Trouve un prétexte, fais semblant d'être malade, mais n'y va surtout pas.

– Pourquoi ?

– Il faut que je te parle. S'il te plaît, c'est important.

– Österman va bientôt arriver…

– Je t'assure, fais-moi confiance.

– Mais qu'est-ce que je vais raconter à mes parents ? Tu dois m'en dire plus !

– Ça peut être dangereux.

– De quoi ?

Rasmus est perdu et je ne sais pas comment lui expliquer ce qui m'a fait comprendre. Mais je vois encore ces yeux bleu clair luire dans le noir, et j'entends cette voix exaspérée jurer lorsque je me suis réveillée. Une voix d'habitude si mielleuse.

– C'était l'infirmière, finis-je par déclarer. Maria. C'est elle qui a tué Axel, et elle a essayé de s'en prendre à moi.

38

Je dis à maman que je ne me sens pas bien, que je suis encore trop faible et fatiguée pour aller à l'école. Sans demander plus d'explications, elle passe un coup de fil au collège pour prévenir de mon absence.

Je me demande si c'est Maria qui prend l'appel et si elle a compris que je savais la vérité. Oui, c'est sûr que oui.

Par prudence, je me recouche en attendant que les parents s'en aillent. Maman va au travail avec Iris, une autre infirmière de la clinique, et papa a rendez-vous avec un ami pour se rendre à Möja et s'occuper de l'embarcadère.

Lorsque j'entends la porte claquer derrière lui, je saute de mon lit pour appeler Rasmus :

– Mes parents sont partis, lui dis-je.

Et après ce qui me paraît quelques minutes à peine, je vois par la fenêtre son bateau à l'horizon. J'enfile des chaussures et une veste, et me précipite vers le ponton.

Aujourd'hui, il fait beau. La lumière est beaucoup plus forte que la semaine dernière et l'eau scintille en roulant vers le rivage.

Quand j'arrive, Rasmus accroche la dernière amarre à la poupe de son bateau. Il est vêtu d'une épaisse doudoune noire et ses cheveux blonds sont ébouriffés par le vent. Dès qu'il m'aperçoit, il saute sur le ponton et me prend dans ses bras.

– Je suis si content que tu t'en sois sortie, murmure-t-il.

– Moi aussi, dis-je d'une voix étranglée.

Je me racle la gorge.

– Tu as dit quoi à ta mère ?

– Que tu avais eu un accident de bateau et que je voulais venir te voir. T'inquiète, elle n'est pas embêtante sur ce genre de choses.

Nous montons vers la maison puis nous installons dans la cuisine. Je prépare deux tasses de thé, avec une goutte de lait et une larme de miel.

– Alors, qu'est-ce qui s'est passé ? me demande Rasmus quand je m'assieds.

Le temps que je fasse le récit des évènements, notre thé refroidit. Je lui explique l'accident dans les moindres détails, je lui raconte tout, sauf ma conversation avec maman, après l'arrivée des secours. Ça, il n'a pas besoin de le savoir. En tout cas pas maintenant. Je finis par l'ombre que j'ai découverte en pleine nuit, blottie sur ma poitrine.

Puis je baisse les yeux sur ma tasse. Le sachet de thé flotte dans l'eau chaude devenue brune. Pendant que je parlais, j'ai enroulé la petite ficelle si fort autour de mon index que le bout de mon doigt est violet.

– Tu en es sûre ? Sûre et certaine ? me demande Rasmus après un silence, en retroussant les manches de son pull bleu.

Je ne comprends pas la question.

– Que c'était Maria, précise-t-il. Et qu'elle a essayé de te tuer.

Je hoche la tête.

– Mais comment a-t-elle pu entrer chez toi ?

– Aucune idée.

À la lumière du jour, mon histoire semble folle.

– Ce n'était qu'une ombre, ou un fantôme noir. Mais ses ongles étaient de vraies griffes agrippées à ma poitrine ! Je te jure qu'elle m'a attaquée.

– Oui, c'est ce que tu viens de dire.

Je sens que je rougis sous le regard de Rasmus et me force à ne pas croiser les bras sur mon buste.

– Tu as des marques ? Ça a saigné ?

– Non, mais je l'ai vue. Je suis sûre que c'était elle !

Ma voix est de plus en plus aiguë. Il doit me croire.

– Je te le jure, Rasmus. Cette nuit, Maria était dans ma chambre.

Il pousse un soupir et se gratte le front.

– Mais comment est-ce possible ? Ce serait quelle sorte de créature, dans ce cas-là ?

– Je n'en sais rien. Tout ce que je sais, c'est qu'elle me fait faire des cauchemars.

Rasmus recule sur sa chaise.

– Donc, c'est elle qui s'en est prise à Axel, d'après toi.

Il n'utilise pas le mot « tuer ». C'est sans doute mieux comme ça.

– C'est forcément elle ! Si Maria peut contrôler mes rêves, se transformer en ombre et se téléporter, elle doit savoir dompter ce qui s'est glissé sous notre bateau…

– Ce truc, là, dans l'eau ?

J'opine et avale ma salive.

– Je pense qu'Axel était sa première victime, et que j'étais la deuxième sur sa liste. Tu as dit que tu avais entendu des clapotis pendant qu'il courait vers le rivage, juste avant de disparaître dans la brume.

Réfléchissant à voix haute, je poursuis :

– Tu te souviens que Maria s'est pointée quelques minutes avant le départ de la course pour nous distribuer des sifflets ? Peut-être que c'était une excuse pour être sur place. Peut-être qu'elle vous a suivis depuis le début, toi et Axel.

– Mais pourquoi ?

Je hausse les épaules.

– Elle voulait peut-être tester ses pouvoirs, ou offrir une proie à la créature de l'eau.

Mes poils se hérissent en entendant mes propres paroles.

– C'était quoi, ce qui vous a attaqués ?

– Aucune idée, dis-je doucement. Je n'ai pas vu ce… ce monstre. Je ne sais pas comment l'appeler, mais il est d'une force incroyable. Il nous a fait chavirer.

– Et comment tu t'es débrouillée ? Pourquoi il a abandonné ?

– Ça ne s'est pas vraiment passé comme ça…

Je cherche mes mots :

– Ben, je… je l'ai fait fuir en… en chantant.

– Tu t'es mise à chanter ? Sous l'eau ?

L'air sceptique de Rasmus me fait rire et il esquisse lui aussi un sourire. L'angoisse laisse la place à l'excitation, voire à l'hystérie. J'ai un besoin irrépressible de lui expliquer ce qui est arrivé, même si je ne trouve pas mes mots.

– Je sais que ça paraît dingue, peut-être même idiot, mais c'est ce qui s'est passé. Désolée.

Le sourire de Rasmus s'envole. Les sourcils froncés,

il remue son thé, sans doute pour mélanger le miel déposé au fond de sa tasse.

– Tu ne veux pas arrêter ? me demande-t-il soudain.

– De quoi ?

Il me regarde droit dans les yeux.

– Tu passes ton temps à t'excuser, à dire que ce que tu racontes est débile. Tu pars du principe que je ne vais pas te croire, alors que je n'ai jamais insinué que tu es une menteuse. Je suis de ton côté, alors arrête !

Son irritation nous surprend tous les deux. Après un soupir, Rasmus porte la tasse à sa bouche et boit la fin de son thé devenu froid.

Le rouge me monte vite aux joues.

– Pardon, dis-je.

Et j'essaie de cacher mon embarras en me baissant pour caresser Bellman, qui s'est couché à mes pieds.

– Ça ne fait rien, répond Rasmus. Mais je viens de te demander d'arrêter de dire « pardon » !

Je lui lance un regard. Voyant son expression moqueuse, j'éclate de rire et lui aussi. Un sentiment nouveau, quelque chose de léger, me chatouille le ventre. Je n'ose pas y penser, de peur de ce qu'il peut signifier.

Après notre fou rire, Rasmus reprend :

– Bon, qu'est-ce qu'on fait, maintenant ? Putain, cette affaire est de plus en plus compliquée.

D'habitude, il ne jure pas comme ça. Ce n'est pas naturel dans sa bouche et ça me fait sourire. Du bout des doigts, je pioche le morceau de papier enfoui depuis un moment dans la poche de mon jean. Une page de carnet à lignes déchirée, où est soigneusement inscrit un numéro de téléphone.

– On appelle la police.

39

– Reprenons depuis le début, déclare Ivar en déclenchant un petit enregistreur qu'il a posé au milieu de la table.

Il a l'air de mauvaise humeur. Daniel est assis à côté, mais les policiers dénotent dans le décor de notre petite cuisine. Leur présence est imposante. À eux deux, ils remplissent presque toute la pièce. Rasmus et moi n'avons quasiment plus de place.

Je n'ai pas prévenu maman qu'ils venaient chez nous, alors qu'à l'instant j'aurais aimé qu'elle soit là. C'est trop tard, je ne peux pas lui demander de rentrer maintenant.

– Expliquez-nous ce qui vous fait penser que Maria Granberg aurait quelque chose à voir avec la disparition d'Axel Sundin, dit Daniel.

– On sait que c'est elle, affirme Rasmus.

Il est pâle mais parle d'un ton assuré. Avant l'arrivée de la police, on s'est mis d'accord pour déformer un peu la vérité.

J'ajoute :

– On l'a vue dans la forêt, le jour de la disparition d'Axel.

Ivar prend note.

– Et pourquoi ne pas nous avoir prévenus plus tôt ? demande-t-il froidement.

Je ne comprends pas pourquoi il est si agacé. Il a déjà décidé de ne pas nous croire, on dirait.

– Je viens de m'en souvenir.

Entendant moi-même que ce n'est pas très convaincant, je baisse les yeux sur mes mains. Elles tremblent un peu sur mes genoux.

– Toi aussi, tu l'as vue ?

La question s'adresse à Rasmus. Je crains que sa voix chevrote, mais il répond posément :

– Oui, vers la plage. Axel a disparu juste après.

– Elle lui faisait du mal ? poursuit Daniel. Elle le retenait, elle le frappait ?

Ça, on n'en a pas parlé. On s'est contentés de se mettre d'accord sur le fait de l'avoir vue près du rivage.

– Non, dit Rasmus, un brin trop tard. Tout ce dont je me souviens, c'est qu'elle était là, sur la plage. Après, c'est le trou noir.

Un peu trop mélodramatique. On croirait qu'il récite un texte appris par cœur.

– Et toi ? reprend Ivar en posant son regard sur moi. Quand est-ce que tu l'as vue ?

J'avale ma salive.

– Juste avant de tomber sur Rasmus. Elle était loin dans la brume. Quand elle m'a aperçue, elle est partie en courant.

– Tu es certaine que c'était elle ?

Ivar se penche en avant pour approcher son visage à vingt centimètres du mien.

– Oui.

Daniel m'observe attentivement.

– Au début, je n'en étais pas sûre, dis-je. Mais en la croisant à l'école, j'ai reconnu son regard et j'ai su que c'était elle.

D'une voix perçante, Daniel insiste :

– Et pourquoi ne pas nous avoir prévenus plus tôt ? Tu as eu plusieurs occasions de nous en parler, mais tu ne l'as pas fait.

La conversation ne va pas du tout dans le sens que nous avions imaginé. Sans oser lancer un coup d'œil à Rasmus, je tente une explication :

– J'avais des doutes, mais quand Rasmus s'en est souvenu, ça m'a paru évident : c'était bien Maria, elle était là quand Axel a disparu.

Comme une petite fille, je croise les doigts sous la table.

Daniel repose son carnet de notes devant lui.

– J'espère que vous comprenez que c'est une accusation très grave.

J'attends qu'Ivar ajoute quelque chose, mais il ne bronche pas. Décidément, je ne les comprends pas.

– On l'a vue, murmuré-je.

Le mensonge laisse un goût amer sur ma langue, bien que ce n'en soit pas vraiment un. Je suis certaine que Maria est coupable, que c'est elle qui a fait disparaître Axel. Elle est responsable de sa mort, de même qu'elle a essayé de me tuer. Mais je ne sais pas comment elle s'est débrouillée.

– Très bien, conclut Daniel.

Rasmus relâche un peu ses épaules, comme s'il avait retenu son souffle tout ce temps.

– Vous allez l'arrêter ? demande-t-il.

Daniel lui lance un sourire narquois.

– On n'arrête pas les gens dans notre pays, explique Ivar. On les met en garde à vue.

Le policier paraît sur le point d'ajouter quelque chose, mais il se retient.

– Personne n'ira en garde à vue, déclare Daniel. On ne prive pas les gens de leurs droits parce que des gamins ont eu l'idée saugrenue de les accuser. Encore moins quand ils mettent une semaine à retrouver la mémoire !

Ivar se gratte le front.

– Je ne sais pas à quoi vous jouez tous les deux,

gronde-t-il, mais raconter des salades à la police, ce n'est jamais une bonne idée.

Médusée, je proteste :

– On ne vous ment pas !

– Vous n'allez rien faire parce que vous ne nous croyez pas ? s'exclame Rasmus.

Le silence semble durer une éternité. Daniel éteint et reprend l'enregistreur, avant de se lever.

– Je crois que ce sera tout pour aujourd'hui, déclare Ivar en se redressant à son tour.

Les deux policiers tournent les talons sans rien ajouter. Pendant qu'ils se dirigent vers l'entrée, je lance dans leurs dos :

– Mais vous n'allez même pas lui parler ? Vous devez l'interroger, au moins !

Daniel renfile son blouson sans nous adresser un regard pendant qu'Ivar bout d'impatience.

– C'est ça, répond-il. On va lui parler.

40

Après le départ de Rasmus, je me couche directement sur mon lit, sans me donner la peine de défaire les draps, et m'endors aussitôt. Je me réveille à seize heures, l'esprit clair et sachant ce que j'ai à faire.

La maison est parfaitement silencieuse. Ce soir, maman est de garde et, comme on n'a plus de bateau, elle a prévu de dormir à la clinique. J'écris un mot que je laisse sur la table de la cuisine, au cas où papa serait de retour avant moi.

Il sera surpris parce que je n'ai jamais pris l'initiative d'aller voir mamie. Je ne sais même pas comment formuler les choses pour que ça paraisse naturel. Peut-être que je ne devrais pas lui laisser de mot ? Mais après ce qui s'est passé, je ne veux surtout pas qu'il s'inquiète. S'il trouve la maison vide en rentrant, c'est sûr qu'il se fera du souci.

Je prépare une Thermos de café et sors du frigo quelques viennoiseries. Apporter le goûter pourrait faciliter les choses avec mamie. Ma visite semblera en tout cas plus normale.

La nuit est déjà tombée.

Bellman croit que je vais le promener et il me suit jusqu'à la porte d'entrée en gémissant. Je lui caresse le museau et passe les doigts dans son doux pelage.

– Pas maintenant, Bellman. On sortira plus tard, tous les deux.

Mamie déteste tellement les chiens qu'elle ne veut même pas que Bellman attende sur le seuil de sa porte.

Je hisse le sac sur mon épaule, ouvre la porte et me dirige vers la forêt. Le sentier est tapissé de feuilles mouillées qui glissent sous mes semelles et les buissons me paraissent encore plus broussailleux que d'habitude. Même si je ferme bien le col de l'anorak que j'ai emprunté à maman, j'ai froid. C'est parce que je nage dedans : le vêtement m'arrive aux genoux et les manches me recouvrent les mains. Pourtant, l'avoir sur les épaules a quelque chose de rassurant : j'ai l'impression que maman est là, avec moi.

Les fenêtres de la petite maison de mamie brillent dans le noir. J'aurais peut-être dû l'appeler pour la prévenir de mon arrivée, mais elle m'aurait sans doute répondu de rester chez moi. Or, j'ai besoin de savoir.

La porte marron est luisante d'humidité. J'hésite un instant sur les marches du perron, avant de frapper trois coups francs, comme le fait maman.

À l'intérieur, la voix de mamie ne tarde pas à se faire entendre :

– C'est toi, Åsa ?

– Non, c'est Tuva.

Un silence.

– C'est Tuva, dis-je à nouveau.

– Oui, oui, grommelle-t-elle. J'ai entendu.

La porte s'ouvre lentement. Mamie, appuyée sur son déambulateur, me regarde d'un air soupçonneux. Elle porte un gros pull en laine grise et son éternel jean trop grand pour elle.

– Qu'est-ce que tu veux ? me demande-t-elle frontalement.

– Je peux entrer ?

– Oui, répond-elle en pinçant les lèvres. Si tu veux.

Elle recule pour que je puisse entrer et refermer la porte. J'accroche l'anorak au portemanteau puis retire mes bottes.

– Ce n'est pas à ta mère, ça ? fait-elle d'un ton accusateur, en regardant le vêtement de maman.

– Si, mais j'ai le droit de le lui emprunter.

Me voilà déjà forcée de me défendre. Mamie ne prête aucune attention à ma remarque.

– Elle est où, d'ailleurs ? demande-t-elle en fronçant ses sourcils gris touffus.

– Au travail. Et comme on n'a plus de bateau, elle ne rentrera pas avant demain.

– Qu'est-ce qui est arrivé au rafiot ?

Le sujet arrive plus vite que je ne l'aurais pensé et je ne suis pas prête. Maintenant que je suis là, la vérité me paraît difficile à accepter. Je suis terrifiée par ce que mamie pourrait me révéler et préfère pour l'instant éluder la question.

– J'ai apporté le goûter, dis-je en tendant mon sac à dos.

Mamie souffle bruyamment.

– Bon, on ne va pas rester plantées là toute la soirée. Mettons-nous dans la cuisine.

Elle pousse son déambulateur dans le couloir. Avec ses lampes à pétrole, sa grande table en bois et ses chaises dépareillées, la cuisine est une pièce assez agréable. Si ce n'était pas chez mamie Gerd, je la trouverais même chaleureuse.

Je me suis toujours demandé qui avait fabriqué les voilages au crochet suspendus aux fenêtres. Je ne vois ni maman ni mamie se lancer dans ce genre d'ouvrages. Peut-être que c'était mon grand-père, il paraît qu'il était habile de ses mains.

Mon grand-père qui, en fait, ne l'est pas. Mon cœur se serre à cette idée.

Je verse du café dans les tasses robustes de mamie et dispose les viennoiseries sur une assiette. Quand je sers le tout, mes mains tremblent. Mamie le remarque, rien ne lui échappe.

– Détends-toi, jeune fille, dit-elle d'une voix presque tendre. Je ne mords pas.

Elle a pris place en bout de table, sur la chaise aux accoudoirs, et je m'assieds en face. Je n'ai aucun souvenir de m'être un jour retrouvée en tête à tête avec elle.

Les doigts de mamie sont noueux, comme tordus. Maman m'a expliqué qu'elle avait des rhumatismes et que c'était pour ça que chez elle tout était solide et disproportionné : les couverts, les tasses, les touches du téléphone.

– Un pain au chocolat ? dis-je en lui tendant l'assiette, comme l'aurait fait maman.

Lorsque mamie pince les lèvres, des rides se creusent tout autour de sa bouche.

– Ça peut attendre, répond-elle. Raconte-moi plutôt ce que tu viens faire ici.

Je reste muette. Dire que j'étais à cette même place il y a une semaine à peine…

– La dernière fois, avec maman, quand on parlait de mes résultats à l'école, tu as insinué…

– Je me rappelle très bien, me coupe mamie. C'est pour ça que tu es là ?

– Oui, enfin… non…

– Qu'est-ce qui est arrivé au rafiot ? demande-t-elle de nouveau.

Elle ne lâchera pas le morceau. Après lui avoir relaté l'accident, je prends mon courage à deux mains pour lui demander :

– Qu'est-ce que tu voulais dire, la dernière fois ? Je suis quelqu'un de spécial ?

Mamie saisit sa tasse de café d'une main maladroite, puis elle la porte à sa bouche et prend une gorgée. Elle le boit toujours noir et sans sucre. Une goutte brune coule à la commissure de ses lèvres.

– Ta mère a donc fini par t'expliquer ?

Même si ce n'est pas vraiment une question, j'opine.

Mamie affiche un air songeur.

– Je n'aurais jamais cru qu'elle le ferait, dit-elle en dirigeant son regard vers l'eau, à travers la fenêtre.

Dans l'obscurité, on ne voit pas la mer mais je sais qu'elle est là, tout près.

– Pourquoi ? ajoute-t-elle sans quitter des yeux la fenêtre. Pourquoi Åsa t'a-t-elle tout révélé maintenant ?

– Quelque chose est arrivé, dis-je. Quand le bateau a chaviré au milieu de la baie.

Mamie hoche lentement la tête.

– J'aurais dû m'en douter.

Elle me dévisage, me fouille du regard. Le ton de sa voix me fait penser au vieil Ingvar : dans ses mots, résonnent la même défiance, la même angoisse. Au lieu d'être surprise, mamie semble savoir ce que je vais lui raconter.

– Un monstre nous a poursuivis, dis-je. Sous l'eau. C'est ce qui a heurté le bateau et failli nous faire couler. Mais j'ai… j'ai réussi à le repousser.

À la lumière tremblotante des lampes à pétrole, je ne discerne pas grand-chose, mais je crois voir que mamie blêmit. Ses yeux enfoncés luisent du même gris que ceux de maman.

– On en est donc là… commente-t-elle avec un soupçon de douleur dans la voix.

– Comment ça ?

La frustration prend le pas sur la peur.

– De quoi ? la relancé-je.

Mamie fait attendre sa réponse.

– Tu veux savoir d'où tu viens, c'est ça ? me demande-t-elle. Maintenant qu'Åsa t'a dit la vérité, tu veux savoir ce que tu es.

Ce que je suis…

Quelque chose est sur le point d'exploser en moi, mais je murmure lentement :

– Raconte-moi ce que tu sais.

Mamie retire ses lunettes pour les nettoyer sur la

manche de son pull, frottant les verres contre la laine rêche.

– Autrefois, tout le monde était au courant, commence-t-elle. Quand j'étais petite, on discutait même avec les créatures comme vous, on vous faisait des cadeaux… Sur le continent, c'était différent, mais ici on savait qu'il fallait vous satisfaire. Ça faisait partie du quotidien, comme goudronner le ponton et rincer le filet. C'était nécessaire pour mener une vie paisible au bord de l'eau, un simple équilibre à trouver.

Elle rechausse ses lunettes. Derrière ses verres et au milieu de son visage fripé, ses yeux se voient à peine.

– Maintenant, tout le monde vous a oubliés, poursuit-elle. Les jeunes les premiers. Ceux qui s'installent ici croient que ce sont des légendes, de vieilles superstitions. Mais les familles qui vivent ici depuis des générations, les gens comme moi qui ont l'archipel dans le sang, on a toujours su que c'était vrai.

J'ai du mal à respirer.

– Avant, des lutins vivaient sous la maison des Hernstam, et la forêt était peuplée de trolls des bois. Mais tout ce petit monde a disparu. Les elfes ne dansent presque plus jamais, je ne sais même pas quand j'en ai vu pour la dernière fois.

Mamie a l'air affligée.

– J'ignore pourquoi, mais vous êtes beaucoup

moins nombreux qu'avant. Les choses ont tellement changé depuis mon enfance. C'est peut-être tous ces produits chimiques qui flottent dans l'air et dans l'eau, et vous empoisonnent. Parfois, j'ai l'impression que vous êtes en train de mourir à petit feu.

– J'en ai vu, des elfes, dis-je, la gorge sèche. Ils essayaient d'attirer Rasmus au fond des bois, le jour de la disparation d'Axel.

– C'est possible, fait mamie. Ils doivent bien sortir des fourrés de temps en temps. Je ne prétends pas qu'ils ne sont plus là, mais ils se montrent de moins en moins.

– Donc, ça existe pour de vrai ?

Je les ai vus de mes yeux, mais je dois quand même lui poser la question. Mamie lâche une exclamation rauque :

– Oui, pardi ! Vous, les jeunes, vous regardez trop la télé, au point que vous ne savez plus distinguer le vrai du faux. Mais le peuple ancien qui vit dans la forêt et le peuple des océans existent depuis toujours !

Ses pupilles brillent comme deux charbons incandescents.

– Toi, tu devrais le comprendre mieux que quiconque.

Mes mains deviennent moites. Je suis venue ici pour connaître la vérité, mais tout à coup je n'ai plus envie de l'entendre. Pourtant, mes lèvres remuent toutes seules, formant des mots qui refusent de rester enfouis.

– Moi, je suis quoi ?

– Je l'ai tout de suite su, répond mamie. Quand tes parents sont revenus avec toi après leur accident, j'ai remarqué que tu avais des branchies.

Elle se racle la gorge.

– J'ai essayé de le dire à Åsa, mais elle n'a pas voulu m'écouter. Elle était persuadée que tu étais son bébé et elle m'a fait promettre de ne plus jamais évoquer le sujet. Tout ce temps, j'ai su qu'elle se trompait.

Les cicatrices sur mon cou me brûlent.

– Tu n'as jamais entendu parler du peuple ancien ?

Je secoue la tête et retiens mon souffle. Une ombre dissimule soudain le visage de mamie. Une des lampes à pétrole de la cuisine vient de s'éteindre, mais aucune de nous ne se lève pour la rallumer. Je ne vois plus que ses doigts noueux qui tripotent la nappe étendue sur la table.

– Tu es un changelin, déclare-t-elle. J'imagine que tu le savais déjà, non ?

Un changelin.

Ce mot me fait mal.

– C'est quoi, le peuple ancien ? demande une voix effrayée qui doit être la mienne.

– Toutes sortes de créatures, répond mamie en mastiquant. Des farfadets, des elfes, des ondins…

Tous ceux qui étaient sur Terre avant l'arrivée des humains. Mais toi, tu appartiens au peuple des océans. Tu es de ceux qui vivent et respirent dans la mer.

Le robinet de l'évier est mal fermé. Le plic-ploc régulier de l'eau qui goutte résonne dans le silence de la pièce.

Mamie semble perdue dans ses pensées.

– Ils m'ont pris ma petite-fille et t'ont offerte à sa place, murmure-t-elle.

– Ça veut dire qu'ils… l'ont toujours ?

Je n'ose pas prononcer son nom. Tuva, c'est moi, et je ne compte pas abandonner mon prénom comme ça. Je m'accroche aux paroles de maman : « La vraie Tuva, c'est toi. Tu es ma Tuva, ma Tuva à moi. » Ces mots doivent rester gravés dans ma mémoire, sinon je suis perdue.

– Je ne sais pas, répond mamie. Je n'ai vu qu'unc fois des créatures de ton peuple, quand j'étais fillette. Mon père m'avait emmenée en mer sur notre vieille barque pour me raconter leur histoire et me montrer les rochers où elles avaient l'habitude de se coucher au soleil. Ce jour-là, je les ai aperçues de loin.

– Qu'est-ce qu'il t'a expliqué ?

À ce souvenir, mamie semble rajeunir. Les traits de son visage deviennent plus lisses et sa voix, plus claire.

– Qu'elles vivaient dans les profondeurs, mais

qu'elles remontaient de temps en temps à la surface. Il m'a dit qu'il fallait être vigilant et ne surtout pas jeter le filet de pêche n'importe où, pour ne pas risquer qu'elles s'y emmêlent.

Son regard se perd un peu.

– Les années ont passé et les souvenirs se sont effacés. Il y a eu de moins en moins de signes de leur existence. La mer est devenue si sale, si polluée. Bientôt, aucun être vivant ne pourra y vivre. Je croyais qu'elles avaient disparu, jusqu'au jour de ton arrivée.

Je bredouille :

– Pourquoi est-ce qu'elles m'ont… abandonnée ?

– C'était la coutume, une manière de tisser des liens : si on confiait un des nôtres au peuple des océans, en échange ils nous donnaient un des leurs. Des liens du sang étaient ainsi créés.

D'instinct, je porte la main à mon cou pour effleurer mes cicatrices et palper délicatement les petites bosses sensibles sous ma peau.

– Mon père m'a expliqué qu'elles nous protégeaient d'une force puissante et maléfique, poursuit mamie. Il insistait pour qu'on leur soit reconnaissant, qu'on leur montre du respect. C'est pourquoi on leur faisait des offrandes.

Les détails qui s'additionnent forment l'image d'une menace de plus en plus grande et terrifiante.

– Il affirmait qu'elles étaient nos anges gardiens,

déclare mamie avec une expression que je n'arrive pas à interpréter.

– Il t'a dit de quoi elles protégeaient les hommes ?

Elle secoue la tête.

– Non, il ne m'en a parlé que ce jour-là, sur la barque. Mais comment il disait, déjà ?

Du bout de ses doigts boursouflés, elle se gratte le pli du coude.

– Une force puissante et maléfique… qu'il fallait empêcher d'agir.

Une brume verte passe devant mes yeux, ce voile lumineux qui me guidait dans l'obscurité des fonds marins.

« Tu n'as plus de branchies », résonne doucement une voix dans ma tête.

Rejetant soudain mes cheveux en arrière pour dévoiler mon cou, je m'écrie :

– Mais moi, je ne survis pas dans l'eau ! Ce ne sont que des cicatrices, je ne peux pas respirer avec ça. Je suis un être humain !

Mamie tend la main, l'air de vouloir toucher les marques de ce qui devait être des branchies, mais je me recule et me dépêche de remettre mes mèches en place.

– Tu n'es peut-être ni l'un ni l'autre, répond-elle, songeuse. Ou les deux.

J'ai envie de pleurer.

Je ne veux pas fondre en larmes devant mamie,

mais je risque de craquer bientôt. Alors que je m'apprête à me lever, je remarque quelque chose dans son regard que je n'avais jamais vu jusque-là : une lueur d'admiration.

– Tu as dit que tu l'avais fait fuir, non ? Le monstre qui vous poursuivait… Tu as sauvé non seulement la vie de ton père mais aussi la tienne.

Je hoche la tête sans rien répondre.

C'est bien ce qui s'est passé. Je l'ai forcé à se rendre, en tout cas pour le moment. On dirait que je l'ai blessé, mais je ne sais ni comment ni pourquoi.

Mamie attrape une viennoiserie qu'elle émiette en petits morceaux.

– Toutes ces années, Tuva, je me suis demandé pourquoi ils t'avaient amenée chez nous.

Un silence pesant s'installe, avant qu'elle réponde à sa propre question :

– Peut-être que c'était pour nous protéger. Peut-être que le peuple des océans ne pouvait plus rester dans l'archipel mais savait qu'un jour le monstre reviendrait.

JEUDI

41

Quand je monte à bord, Österman m'adresse un signe de tête. Pour une fois, il attend que je sois bien assise avant de redémarrer. La nouvelle de notre accident s'est vite répandue : tout le monde est déjà au courant que papa et moi avons failli nous noyer.

Le temps nous est compté, je le sens.

C'est comme quand on pilote un bateau dans la houle : on monte sur des vagues de plus en plus hautes, jusqu'à atteindre un sommet. Tout reste suspendu un instant, avant que la coque chute vers le creux en frappant la surface, et le choc vous fait claquer les dents. Et puis, finalement, arrive une vague trop forte…

Un terrible pressentiment m'habite, j'ignore ce qui m'attend et ce que je dois faire. Personne ne m'en a jamais parlé. Je ne sais même pas comment j'ai réussi à effrayer le monstre, encore moins si je pourrai recommencer.

L'eau gicle autour du bateau. Mes doigts, éclaboussés par les embruns, glissent sur le bastingage. Le froid se diffuse dans mes veines. Mais je tends la main pour effleurer la mer et réveiller cette étrange sensation que j'ai éprouvée quand je nageais là-bas, loin sous la surface : le sentiment d'être dans mon environnement naturel.

Cette nuit, je n'ai pas fait de cauchemars. Mamie m'avait conseillé de mettre du sel sur le rebord de ma fenêtre, en ne me faisant pas remarquer de maman. D'après elle, rien ne pourrait s'introduire dans ma chambre. Je ne sais pas si c'est une coïncidence, mais pour la première fois depuis des semaines j'ai dormi sur mes deux oreilles.

Je me demande si c'est le sel qui a tenu Maria à l'écart.

En arrivant vers chez Hanna et Isabelle, Österman ralentit. Hanna nous attend seule sur le ponton. C'est bizarre de voir l'une de ces filles sans l'autre.

Hanna saute dans l'embarcation en lançant au conducteur :

– Isabelle est malade.

Le bateau repart aussitôt et elle s'installe à l'avant, les mains enfouies dans ses poches. Toute seule, elle paraît plus fragile et ne pas savoir où est sa place. Elle reste muette, jusqu'à ce que Kristoffer vienne s'asseoir à côté d'elle. C'est comme s'il lui insufflait la vie : elle rejette aussitôt sa crinière en arrière et reprend son air hautain habituel.

Je vois qu'elle me remarque et souffle :

– Non, il vaut mieux ne pas lui demander.

Même si je n'entends pas mon nom, quelque chose me dit qu'elle parle de moi.

– Elle risquerait de tout rapporter à son petit copain, ajoute-t-elle plus distinctement.

Kristoffer ricane et je sens jaillir une colère glaciale qui me démange depuis des années.

Mes doigts trempent dans l'eau. Sa fraîcheur me rappelle que, quelques jours plus tôt, j'étais en pleine mer, face à une force puissante et maléfique. Elle me rappelle aussi que moi, moi toute seule, j'ai réussi à la faire fuir. Hanna, à côté, ce n'est rien du tout.

– Hanna ? dis-je d'une voix un peu trop forte qui domine le ronronnement du moteur.

Elle se fige, puis rejette de nouveau ses cheveux en arrière et me lance un regard moqueur par-dessus son épaule.

– Qu'est-ce que tu veux ?

Kristoffer se retourne aussi.

– Tu pourrais éviter de raconter n'importe quoi ?

Hanna reste interloquée.

– Je t'ai entendue. Je ne t'ai jamais rien fait, alors laisse-nous tranquilles, Rasmus et moi. Si tu crois que je suis assez malade pour vouloir du mal à Axel, imagine une seconde ce que je pourrais te faire à toi, si tu continues tes ragots.

Je n'ai aucune idée d'où ces mots peuvent venir, mais ils attendaient manifestement de sortir depuis longtemps.

Hanna blêmit. Sa réaction aurait sans doute été différente si Isabelle avait été là : quand elles sont ensemble, Hanna est beaucoup plus excitée. Toutes les deux se cherchent et se provoquent comme des chiens enragés.

Dire que je n'avais jamais rien fait pour qu'elle cesse de m'embêter…

– T'es vraiment tarée, marmonne-t-elle, mais je vois qu'elle bat en retraite.

– Je te préviens : si tu ne me fous pas la paix, tu auras des problèmes.

Pour renforcer mes menaces, j'écarquille les yeux et montre les dents. Hanna se retourne sans répliquer. Kristoffer ne prend pas sa défense.

Nous approchons de chez Rasmus. En voyant qu'il nous attend au bout de la jetée, je lui fais signe. Dès que le bateau accoste, il saute à bord et s'installe à côté de moi. Quelqu'un s'assied spontanément près de moi : quelle drôle d'impression ! J'ai presque envie de lui dire qu'il n'y a pas d'obligation, qu'il peut s'asseoir ailleurs, mais je me retiens.

– Salut, dis-je avec un sourire jusqu'aux oreilles.

Je n'ai pas l'habitude de ce genre de situations et je me sens un tout petit peu fausse.

Est-ce que je suis censée lui raconter tout ce que mamie m'a appris hier ? Rasmus a le droit de savoir, mais pas ici, pas maintenant.

– Ça a été, cette nuit ? me demande-t-il tout bas. Tu as fait des cauchemars ?

Avant que j'aie le temps de mentionner mamie Gerd, il enchaîne :

– Elle… elle est revenue ? Maria ?

Je lis sur ses lèvres plus que je ne l'entends dire ce prénom qu'il chuchote.

– Je ne sais pas si elle a essayé.

D'un hochement de tête vers Hanna, j'ajoute :

– Je t'expliquerai tout à l'heure.

Runmarö n'est plus loin. En observant le bâtiment de l'école qui apparaît de plus en plus nettement à l'horizon, je me demande si le drapeau sera bientôt mis en berne, pour Axel.

– Elle est drôlement calme aujourd'hui, non ? fait remarquer Rasmus en fixant Hanna.

– Oui, dis-je en ricanant, sans lui expliquer. C'est bizarre.

Nous abordons le quai et, cette fois, je suis la dernière à quitter le bateau. Österman m'aide à enjamber l'eau et, avant que je monte vers le collège, il capte mon regard et pointe le menton vers Hanna. Je crois deviner un sourire au coin de ses lèvres.

L'angoisse me lâche un instant.

42

En fin de matinée, on a sport. Stefan, le prof, a l'air effondré. En prononçant le moins de mots possible, il divise la classe en équipes pour nous faire faire une partie de balle aux prisonniers, puis il va chercher le ballon.

On dirait une âme errant sans but dans le gymnase. De temps en temps, je jette un coup d'œil vers lui. Là, il est avachi dans un coin du terrain, dans son tee-shirt rouge et son pantalon de jogging gris, un sifflet suspendu au cou.

Je pense soudain à la mère d'Axel, à sa voix bouleversée, à son regard désespéré… Quelque chose me dit que Stefan songe à elle, lui aussi. Il ne donne pas un seul coup de sifflet de la partie.

Dès que le cours est fini, les élèves se dirigent vers

les vestiaires, mais moi, je reste dans le gymnase. Bien que je marche vers lui, le prof ne remarque pas ma présence. Arrivée tout près de lui, je me racle la gorge pour qu'il lève vers moi ses yeux fatigués.

– Il y a un problème ? me demande-t-il.

– Non, non, je voulais juste vous dire que c'était bien, le cours.

Il n'a pas l'air de comprendre où je veux en venir. On dirait un grand enfant qui attend qu'on lui donne des instructions. Un instant, je me demande même s'il se souvient de mon nom.

– Vous êtes un bon prof, vous savez.

Tant pis si c'est maladroit et pathétique.

– Merci, Tuva.

Bon, au moins, il sait comment je m'appelle.

– Je vais me changer, dis-je en agitant la main vers les vestiaires.

– Vas-y.

Ce n'est peut-être qu'une impression, mais sa voix me semble plus forte, maintenant. Stefan se lève et marche lentement vers la sortie, pendant que je file vers les douches. Le temps que je me change, les vestiaires se sont vidés. Tous les autres sont déjà à la cantine.

Je m'assieds sur le banc et ferme les yeux.

Il n'y a aucun espoir, me dis-je : Axel a disparu depuis maintenant plus d'une semaine, et les policiers ne nous croient pas, Rasmus et moi. Les battues sont suspendues et les chiens policiers ont même quitté l'archipel. Ils ont eu beau chercher, ils n'ont flairé aucune piste. C'est à croire qu'Axel n'a jamais posé le pied sur cette île.

Un frisson me glace tandis que je pense à Maria : à quoi est-elle prête ? jusqu'où ira-t-elle ? Je ne sais pas comment on pourrait l'arrêter.

Je porte la main à mon cou pour palper du bout des doigts les marques boursouflées. Ce matin, je me croyais forte, mais maintenant je n'ai qu'une envie : m'enfuir.

Je me sens en danger, si près de Maria. Et en même temps, je ne suis pas davantage en sécurité sur l'eau.

Dans le profond silence du gymnase, je rassemble mes affaires, jette mon sac de sport sur mon épaule et me dirige vers la sortie. Je m'immobilise sur le seuil de la porte, hésitant un instant, la main posée sur la poignée. Je ne veux pas rester seule dans ce bâtiment vide, mais j'ai peur d'en sortir.

Quand j'ouvre enfin la porte, le vent s'abat dessus et me l'arrache presque de la main. Une pluie fine tombe maintenant, et le ciel, tout à l'heure dégagé, s'est couvert d'un épais manteau de nuages sombres. Je grelotte.

J'espère qu'un repas chaud m'attend à la cantine et que Ramus m'a gardé une place. La tête penchée, je mets le cap sur le réfectoire. Mais lorsque je passe devant la bibliothèque, une ombre surgit d'un buisson.

Je sursaute et mon sac tombe à terre. Je m'accroupis d'instinct pour le ramasser mais réalise tout à coup qui me barre la route : la jeune femme qui se tient devant moi les mains dans les poches affiche un sourire étincelant. Ses cheveux blonds sont relevés en une queue-de-cheval négligée, bien différente de la coiffure impeccable qu'elle arbore d'habitude.

– Il faut qu'on parle, toi et moi, déclare Maria.

43

Je m'apprête à crier, mais avant que le moindre son s'échappe de ma bouche l'infirmière me saisit fermement le bras et me force à me relever.

– Chhhhut ! crache-t-elle.

Me tenant d'une poigne de fer, elle émet un ricanement aigu, bien différent de son petit rire habituel.

– Alors comme ça tu racontes que j'assassine tes camarades de classe ?

Elle semble sur le point d'ajouter quelque chose, mais elle se retient et ordonne :

– Suis-moi, on va régler ça à l'infirmerie, dit-elle.

Et elle se met en marche, avançant à grands pas sans me lâcher le bras et m'obligeant à trottiner à ses côtés.

– Petite peste ! siffle-t-elle par-dessus son épaule.

Je ne peux même pas essayer de m'échapper tant elle me tient fermement.

La peur me submerge. Personne ne sait où je suis : la dernière personne à m'avoir vue, c'est le prof de sport. Mais se souviendra-t-il que je suis restée dans le gymnase ? Au bout de combien de temps les gens se rendront-ils compte que j'ai disparu ?

Mon seul espoir, c'est Rasmus.

Lui devrait remarquer mon absence, mais ce sera peut-être trop tard. Le jour de la disparition d'Axel, tout est allé très vite : en quelques minutes à peine, il n'était plus là.

Maria ouvre la porte de l'infirmerie et me pousse dans la pièce, avant de claquer la porte et de tourner la clef dans la serrure. Elle voit que je suis paralysée.

– Je ne veux pas qu'on nous dérange, dit-elle d'un ton glacial.

La pièce est nettement moins ordonnée que la dernière fois : le bureau est couvert de tas de papiers et de vieilles tasses de café incrustées d'un fond brunâtre.

– Assieds-toi, m'ordonne Maria, puis elle prend place derrière la table.

J'obéis.

– À quoi tu joues ? gronde-t-elle. Quelle idée de m'accuser du meurtre d'Axel !

Elle se penche en avant.

– Tu t'es dit que ça t'apporterait quoi, de me dénoncer ?

Retrouvant enfin mes esprits et ma langue, je m'écrie :

– Vous étiez dans ma chambre !

Elle m'observe.

– Je sais que c'était vous, je vous ai vue ! Vous me donnez des cauchemars toutes les nuits, vous m'en avez même parlé à la visite médicale. Ça fait des semaines que vous vous glissez dans ma chambre !

J'inspire profondément et lui lance un regard noir. Le panneau avec les lettres, accroché au mur dans son dos, est de travers.

– Pas toutes les nuits, rétorque-t-elle d'une voix aiguë. Qu'est-ce que tu as fait, hier, pour me tenir à l'écart ? Tu as mis des pierres runiques sur le seuil de ta porte ?

J'en reste bouche bée : elle ne nie même pas !

– Non, dis-je après un moment de stupeur. J'ai versé du sel sur le rebord de ma fenêtre.

– Futé, commente Maria. Sur les conseils de ta grand-mère ?

– Oui.

– C'est toujours comme ça. Les vieilles femmes de l'archipel connaissent tous les trucs : un fil de fer sous le lit, une pincée de sel sur les fenêtres… Elles sont difficiles à avoir, ces rombières.

La tête me tourne. La seule chose sur laquelle

j'arrive à me concentrer, ce sont les tasses sales devant moi. Elles sont dépareillées : l'une est verte et l'autre, blanche, a l'anse cassée.

Je finis par articuler :

– Vous êtes quoi ?

Maria me regarde sans sourciller, l'air de savourer mon embarras.

Elle se redresse, relâche sa chevelure blonde sur ses épaules et déclare d'une voix impérieuse :

– Je suis une mara.

44

– Je suis une mara, répète Maria.

De toute évidence, elle s'attend à une réaction, mais je n'ai jamais entendu ce mot de ma vie. Voyant que je ne comprends pas, elle esquisse une grimace et m'explique :

– Une mara ! Pendant mon sommeil, je peux me transformer en ombre et m'introduire chez les gens. Je leur donne des cauchemars, je règne sur leurs nuits.

Elle paraît fière de ses pouvoirs.

– Comment est-ce possible ?

Les mots s'échappent de ma bouche.

– Ma mère a grandi dans une ferme où l'on pratiquait un peu la magie. Quand j'étais dans son ventre, elle portait sur son crâne la poche des eaux d'une jument pour que l'accouchement se passe bien.

C'était une vieille croyance de paysan. Ça a marché : la délivrance a été facile, mais elle a donné naissance à une mara.

Elle raconte cette histoire comme si c'était l'anecdote la plus bête du monde.

– Il y a toujours un prix à payer. Méfie-toi de la magie, ça peut mal finir.

– OK, dis-je en fixant les tasses de café, comme si elles étaient mon échappatoire.

Je suis complètement perdue. Serais-je en train de rêver ? Après un silence, je murmure :

– Mais qu'est-ce que vous êtes venue faire dans ma chambre ?

Maria me regarde comme si j'étais idiote.

– T'inspirer des cauchemars, voyons !

Évidemment.

– Et pourquoi ?

– Pour que tu te souviennes.

Ses yeux de glace, d'habitude inexpressifs, sont devenus perçants… Je courbe le dos sous ce regard qui me toise.

– De quoi ?

Je me doute de la réponse.

– De qui tu es et d'où tu viens, déclare Maria.

Elle prend un air pensif, presque compatissant.

– Tu n'en avais aucune idée ?

– Non, dis-je en secouant la tête. Je ne savais rien.

– Qui t'a expliqué ?

– Ma mère, et ma grand-mère.
– Bien sûr.
Une question me brûle les lèvres :
– Comment vous avez su, vous ?
– Tu plaisantes ? Ça se voit comme le nez au milieu de la figure ! Je n'avais jamais rencontré de créature des océans avant toi, mais ma mère m'avait raconté un tas d'histoires sur ton peuple. Naturellement, tes branchies m'ont aidée.
Avec un sourire ironique, elle ajoute :
– Je ne sais pas comment tes parents ont réussi à faire gober à tout le monde que ce sont des cicatrices.
Son ton glacial me fait mal. Elle me parle comme si tout cela n'était rien, comme s'il n'y avait pas de quoi en faire un drame.
– Mais pourquoi mes souvenirs vous intéressent-ils tant ? En quoi ça vous concerne ?
Ma voix s'est transformée en cri. Je discerne enfin une expression sur le visage de l'infirmière : elle a peur, elle aussi. Je réalise soudain qu'elle est aussi effrayée que moi.
– Tu le sais très bien !
Les muscles tendus, j'attends qu'elle continue.
– Tu l'as senti, toi aussi !
Maria se passe la main sur le front. Elle ne me fait plus peur maintenant, mais c'est son angoisse qui me terrorise.
– Tous ces gens qui ont disparu en mer, et ce

pauvre… ce pauvre Axel, poursuit-elle d'une voix chevrotante. Sans parler de ton accident. Tu ne me feras pas croire que c'est un scooter des mers qui vous a fait chavirer, toi et ton père.

Ses traits se durcissent soudain.

– Mais tu n'as rien compris ! Tu as préféré raconter à la police que j'avais attaqué Axel. Tu es tombée sur la tête ?!

Ses joues se marbrent de rouge et son menton tremble. Je dois me défendre.

– Je croyais vraiment que c'était vous ! J'ai vu votre ombre, l'autre nuit : vous étiez là, tout contre moi, avec vos griffes enfoncées dans ma poitrine. Comment vouliez-vous que je réagisse ?

En braquant mes yeux sur elle, j'ajoute :

– Vous auriez dû me dire la vérité.

– Comme si c'était facile à croire ! grommelle Maria en écartant quelques mèches de son visage.

De petits frémissements autour de sa bouche trahissent son embarras. Avec des mouvements nerveux, elle se redresse et rattache sa crinière en queue-de-cheval.

– Je craignais que tu refuses d'écouter, reprend-elle d'un ton plus posé. Je voulais faire les choses petit à petit, t'aider à y voir clair. Mais c'était rageant, parce que tu ne comprenais rien ! Nous n'avons pas beaucoup de temps. *Tu* n'as pas beaucoup de temps devant toi.

Elle m'adresse un sourire fatigué, puis ouvre le

tiroir supérieur de son bureau et en sort une barre chocolatée. Elle la casse en deux et m'en tend la moitié. Du chocolat aux noisettes. L'odeur du cacao me chatouille les narines et je croque le morceau.

– Je ne comprends pas comment tu as pu être aussi lente d'esprit, commente-t-elle la bouche pleine. Un cauchemar ou deux auraient dû suffire. Je les ai créés à partir de tes souvenirs.

– Mes souvenirs ? dis-je d'une petite voix.

– Oui, toutes les images viennent de toi. C'est plus efficace comme ça.

Les remous de la mer, le sentiment d'un terrible danger, ces silhouettes qui s'effaçaient si vite que je ne distinguais aucun visage.

– Mes parents ?

Mon cœur s'arrête un instant.

– Ce sont eux, dans mes rêves ?

La douleur que j'essaie d'étouffer depuis quelque temps m'envahit soudain.

– Vous savez pourquoi ils m'ont abandonnée ?

– Oh, Tuva…

Des frissons parcourent mon dos.

– Le peuple ancien ne s'est pas éteint, dit-elle d'une voix douce que je ne lui connais pas. Ils existent toujours, ils se montrent juste moins souvent. De temps en temps, je vois des farfadets et des lutins, les elfes dansent encore parfois dans la forêt, et il m'est même arrivé d'apercevoir un troll de pierre.

Maria pousse un soupir.

– Mais le peuple des océans reste invisible. On n'a aucune trace, aucun signe de leur existence. Je les ai longuement cherchés, j'ai fait appel à toutes mes ressources, pourtant…

Je la coupe :

– Vous pensez qu'ils n'existent plus.

Ma voix n'est qu'un murmure. Maria pince les lèvres.

– Depuis quinze ou vingt ans, la mer agonise. Les zones mortes n'en finissent plus de s'étendre dans les fonds et elles détruisent toute vie.

Elle reprend un morceau de chocolat, sans doute pour faire monter le suspense.

– La Baltique est l'une des mers les plus polluées.

– Vous croyez que le peuple des océans s'éteint à cause des produits chimiques ?

Dite à voix haute, cette question me paraît absurde. Je lis la réponse dans les yeux de Maria.

– Le peuple ancien est de moins en moins nombreux, déclare-t-elle. Ils n'ont presque plus de terre où s'installer et doivent se cacher des humains. Les forêts sont ravagées, les océans, empoisonnés… Et on ne cesse d'endiguer les fleuves !

– Ma grand-mère, elle… bredouillé-je. Elle pense que je suis là pour protéger les humains d'un danger. Que mes vrais parents m'ont abandonnée pour cette raison.

– Ou peut-être pour te protéger, ajoute Maria.

Je cligne des yeux à cette idée. Je n'y avais pas pensé, c'est bien plus réconfortant.

– Ou les deux, reprend-elle. Je ne sais pas, Tuva. Offrir l'un des siens est une coutume très ancienne de ton peuple.

Dehors, il fait de plus en plus sombre. Le vent cingle la fenêtre. Une tempête se lève.

Je reprends :

– Ce monstre qui m'a pourchassée et qui a pris Axel… Qu'est-ce que c'était ?

– Axel n'est pas la seule victime, murmure Maria.

À la lumière grise du néon, elle est blême et a l'air épuisée.

Des pas résonnent dans le couloir. J'ai loupé le déjeuner depuis longtemps et suis certainement en retard pour l'heure suivante, mais les cours ne m'ont jamais semblé aussi insignifiants.

– Je ne les ai jamais vus, dit Maria d'une voix hésitante.

Ses mots m'atteignent peu à peu.

Les ?

Je repense à la forme dans le noir. Aux bruits d'eau dans la brume, aux violents coups contre la coque, et à la disparation d'Axel.

Je dois savoir. Entre mes lèvres glacées, je souffle :

– Racontez-moi tout.

45

– Ce sont des monstres très anciens, commence Maria. D'après les livres, ils existent sur terre depuis bien avant les hommes. Peut-être même avant le peuple ancien. J'ignore combien de temps ils peuvent vivre, ou s'ils meurent un jour. Certains pensent qu'ils ont éclos après la période glacière.

Dehors, une violente averse déferle. La pluie bat brutalement la fenêtre.

– Dans le langage populaire, on en parle comme de serpents de mer, continue Maria. Personne ne voulait leur donner de nom, de peur de leur attribuer de la force. Nommer quelque chose, c'est reconnaître son pouvoir. Mais vous, le peuple des océans, vous les appeliez « Nurmandír ».

– Nur-man-dír, dis-je en détachant les trois syllabes.

Elles laissent un goût de cendres froides sur mon palais.

– N'abuse pas de ce mot, reprend Maria, puis elle murmure ce qui ressemble à une incantation. Il est possible que ça les appelle.

– Comment ça ?

– Ton peuple était prudent pour une bonne raison, répond-elle. Vous étiez nos anges gardiens, vous les empêchiez d'agir. Ils ressurgissaient de temps en temps, parfois à un siècle d'intervalle, parfois plus souvent, et vous parveniez toujours à les vaincre.

– Mais qu'est-ce que c'est ? Le seul que j'ai aperçu m'a paru… gigantesque.

Ce qualificatif est bien en deçà de l'effroyable impression que j'ai ressentie.

– D'après les légendes, ce sont d'immenses serpents de mer qui chassent la nuit. Ils ne supportent pas le soleil : la lumière du jour brûle leur peau, même dans l'eau. Pendant la journée, ils reposent dans l'obscurité des fonds marins, mais ils ne dorment pas. Ils guettent leur proie et, dès que le soleil se couche, ils vont la chercher. Ils réduisent les bateaux en miettes et entraînent les gens dans l'eau.

Maria se tait un instant.

– Tu connais les Roches suédoises ? reprend-elle. Ce sont ces îles tout à l'est, bien au-delà de Möja, les plus éloignées de l'archipel. Cette zone est réputée pour être le plus grand cimetière marin au monde.

Elle se ronge l'ongle du pouce.

– Autrefois, leurs nids se trouvaient aux alentours de ces îles, mais on dirait qu'ils se sont déplacés plus au sud.

« À cause de moi ? » ai-je envie de demander, mais je n'ose pas et dis :

– Ils ont pris Axel, Jacobsson et… et tous les autres.

Maria hoche la tête.

– Leur appétit ne cesse de grandir.

Elle détourne le regard, cherchant quelque chose qu'elle ne trouve manifestement pas, puis reprend :

– Tous ces gens disparus en mer… Autrefois, on disait que la mer les avait emportés, alors que c'étaient les serpents. Pas chaque fois, mais bien trop souvent. Je me doute maintenant depuis des semaines que ces monstres ont ressurgi. C'est quelque chose que je sens, comme mes ancêtres du peuple des forêts.

Maria a les yeux qui brillent. On dirait qu'elle est possédée.

– En un sens, tu avais raison : j'ai tué Axel. Puisque je ne vous ai pas prévenus à temps. Le jour de la course d'orientation, le danger flottait dans l'air, je le flairais. S'approcher de l'eau était risqué, je le savais, mais j'ignorais comment vous faire éviter le rivage. La seule chose à laquelle j'ai pu penser, c'était de vous distribuer des sifflets. C'est pour ça que je suis arrivée en courant. J'espérais que tout irait bien, que rien de grave ne se produirait.

Elle lâche un petit rire sans joie.

– Je me suis trompée.

Un silence pesant s'installe. Je ne sais pas quoi lui dire mais pense soudain à un détail qui ne colle pas.

– S'ils ne supportent pas la lumière, comment se fait-il qu'ils aient attaqué Axel en pleine journée ?

– Le brouillard, répond Maria. Tu ne te souviens pas comme la brume était épaisse, ce jour-là ?

Si, je me rappelle le lourd voile qui s'était posé sur l'île comme tombe la nuit et qui dissimulait la mer. Dans cette brume laiteuse, toutes les silhouettes étaient effacées et tous les sons, étouffés.

Je ne m'étais jamais retrouvée dans un brouillard pareil. Le vieil Ingvar non plus : il l'avait qualifié de surnaturel, lui qui était pêcheur depuis des décennies et avait connu tous les temps possibles.

Je me demande si la présence des Nurmandír y était pour quelque chose. Je voudrais interroger Maria, mais l'expression de son visage m'arrête. Son air désespéré et vaincu m'effraie.

Soudain, je revois les petits points lumineux qui virevoltaient dans la brume.

– Les elfes… dis-je. Ils ont essayé d'attirer Rasmus au fond des bois. Ils l'ont hypnotisé, j'étais là.

Une once d'espoir se réveille en moi.

– Les serpents de mer n'ont peut-être rien à voir

là-dedans, finalement. Et si Axel était retenu par des elfes ?

Maria soupire.

– Ce ne sont pas des elfes qui ont enlevé Axel.

– Mais ils s'apprêtaient à le faire avec Rasmus, dis-je d'un ton obstiné. Je les ai vus de mes yeux ! Je crois même qu'ils étaient là pour s'en prendre à moi, ce matin où j'ai emmené Bellman à la plage. Il aboyait comme un loup.

– Réfléchis un instant, Tuva. Les elfes appartiennent au peuple des forêts. Ils ont horreur des serpents, bien plus que les humains. Tu ne comprends donc pas ?

Sous le regard impatient de Maria, je réalise tout à coup :

– Ils l'attiraient loin de la plage.

Les petites lumières guidaient Rasmus au cœur de la forêt, à l'opposé de la mer. L'un des elfes, bourdonnant dans l'air, avait croisé mon regard.

Les morceaux du puzzle se mettent en place dans mon esprit et je m'entends dire :

– Ils essayaient de le sauver.

46

Maria a fini le chocolat. Elle se baisse pour ouvrir un mini-frigo caché sous le bureau, dont elle sort une canette de Coca.

– Bois ça, dit-elle en me la tendant. Tu es toute pâle.

La mara a retrouvé son rôle d'infirmière scolaire. Je ne sais pas si je dois rire ou pleurer, mais j'obéis et bois quelques gorgées de soda.

– Ça va mieux ? me demande-t-elle.

– Moui, dis-je, et je m'hydrate encore un peu.

Avaler du sucre est plus facile que de réfléchir ou de parler. Quand je repose la canette, Maria braque ses yeux sur moi. Je ne sais pas ce qu'elle espère, mais je vois qu'elle me supplie du regard.

– Qu'est-ce que je peux faire ? dis-je tout bas.

Je bous de colère et de peur mêlées. Je n'ai rien demandé. Je refuse d'être son ultime recours, j'en suis incapable.

– Même si ce peuple, ou mon peuple, est là pour protéger les humains, je ne peux pas vaincre ces monstres. Je n'en ai pas la force, je n'ai que douze ans !

– Je le sais bien, répond Maria. Ce n'est pas juste.

– On devrait peut-être tout expliquer à l'armée ou à la police.

L'ombre d'un sourire se dessine sur les lèvres de Maria.

– Aucun humain ne peut battre les Nurmandír, déclare-t-elle. Ce ne sont pas des animaux comme les autres, il faut que tu le comprennes. On ne parle pas là de phoques géants. Ils sont déjà très puissants et plus le temps passe, plus ils se nourrissent…

Elle ouvre les mains, dans un geste d'impuissance.

– Et puis… Il nous faudrait combien de temps pour convaincre l'armée que l'archipel de Stockholm regorge d'immenses serpents de mer qui dévorent les gens ? En ce moment, ils n'arrivent même pas à retrouver la piste d'un sous-marin russe.

Je finis la canette de Coca et résiste à l'envie de me lever et de déguerpir. M'enfuir dans la forêt, où personne ne pourra jamais me trouver, et me cacher derrière les arbres pour ne plus voir la mer.

En fin de compte, peut-être que j'aurais dû suivre Rasmus le jour du drame, au lieu de l'arrêter.

– Les hommes n'ont sans doute jamais entendu parler de ces monstres, reprend Maria, même à l'époque où nous vivions tous ensemble, eux et nous. Seul le peuple des océans a le pouvoir d'anéantir les serpents, mais aucun livre n'explique comment.

Maria semble de plus en plus accablée.

– J'aurais aimé pouvoir t'aider, Tuva. J'ai fait des recherches, parcouru de vieux manuscrits, demandé à mon entourage, mais je n'ai rien trouvé. Même le peuple ancien ne peut pas nous épauler : ils sont affaiblis et effrayés, et refusent de se montrer. Il ne reste que toi, Tuva, tu es la seule à pouvoir arrêter ces monstres.

Je serre si fort l'accoudoir de ma chaise que j'en ai des crampes aux doigts.

– Je ne peux pas.

– Tu le dois.

Une voix lointaine me dit que Maria a raison, résonne comme un écho dans tout mon être.

Le jour de l'accident, j'ai ouvert la bouche sous l'eau et… j'ai crié, hurlé, projeté des sons.

J'ai *chanté*.

Quelque chose est enfoui, tout au fond de moi : les souvenirs effacés d'une époque depuis longtemps oubliée. Je savais que ces monstres craignaient le soleil, je savais qu'ils nous guettaient patiemment dans les abysses.

Mais je sais aussi que l'eau, qui aurait dû me donner de la force, m'a ensevelie et a failli me tuer. Je sens encore la douleur effroyable qui a embrasé ma gorge et mes poumons.

– Je n'ai pas de branchies, murmuré-je. Je ne peux pas respirer sous l'eau, c'est trop tard.

Mon peuple a disparu. Je ne suis plus rien : ma place n'est ni sur terre ni dans les mers ou les océans. Une rescapée inutile, débarquée parmi les hommes.

J'étouffe de désarroi.

– Je ne réussirai pas, dis-je en repoussant ma chaise en arrière et en me levant. Merci de m'avoir tout expliqué, mais je dois y aller.

Je crains que Maria tente de me convaincre ou, pire, qu'elle me donne mauvaise conscience. Je ne veux plus rien entendre, c'en est trop. Sans attendre de réponse, je file dans le couloir.

Je m'attends à ce qu'elle me suive, mais la porte de l'infirmerie reste fermée derrière moi. J'avance dans la pénombre, harcelée par le martèlement de la pluie sur les fenêtres.

J'ignore où mes pas pourront me mener.

Je n'ai nulle part où aller.

47

Quand je rentre à la maison, le dîner m'attend. Je retire mes chaussures et accroche mon blouson dégoulinant. Je suis trempée jusqu'aux os. Le trajet du retour a pris du temps : même si on a coupé entre les îles, la mer était agitée et Österman a préféré ralentir.

Ce soir, c'est la dernière garde de maman avant un repos de trois jours. Elle ne rentrera que demain matin. Tant mieux : ça veut dire qu'elle ne prendra pas la mer après le coucher du soleil.

Papa avale bruyamment sa soupe à la tomate. Ça me dégoûte. Remarquant ma grimace, il lâche sa cuillère et cligne des yeux.

– Pardon, dit-il.

J'ai un peu honte de ma réaction. Il a bien le droit de faire du bruit, c'est lui qui a préparé le dîner.

– Ça a été, à l'école, aujourd'hui ?

– Oui.

Je ne pense plus qu'à Maria et à ce qu'elle m'a raconté sur les serpents de mer. Et à son air navré lorsque je me suis levée et que j'ai claqué la porte de l'infirmerie. Sa déception pèse lourd sur mes épaules.

D'habitude, j'aime bien être seule à la maison avec papa, mais là, son silence me tue.

Qu'est-ce que maman lui a dit ? Est-ce qu'il comprend ce qui se passe ?

– Papa ?

Il porte une chemise en flanelle à carreaux bleus, comme il en a plein son placard. À tel point que je ne peux les différencier. Si j'avais été sa vraie fille, est-ce que j'aurais su ?

Il n'est pas mon père, et je ne suis pas sa fille.

– Papa, dis-je de nouveau, mais ma voix s'étrangle et je fonds en larmes.

– Ma puce…

Il m'entoure aussitôt de ses gros bras, m'écrasant d'un poids bien différent du fardeau que je traîne depuis tout à l'heure. Le doux tissu de sa chemise me caresse la nuque et effleure mes cicatrices.

– Qu'est-ce qui t'arrive ? Raconte-moi.

Je suis secouée d'un hoquet à mi-chemin entre le fou rire et les sanglots.

Les mots de Maria tourbillonnent dans ma tête. Par quoi pourrais-je commencer ?

– C'est à cause de notre accident ? demande papa. L'essentiel, c'est qu'on s'en soit sortis, tu sais. Ne t'inquiète pas, l'assurance va presque tout prendre en charge. Ce n'était pas ta faute, Tuva.

Bien qu'il me serre de plus en plus fort, je parviens à hocher la tête.

– Tu ne veux pas me dire pourquoi tu as tant de chagrin ?

Je murmure :

– Ce n'est pas ça.

C'est bien *pire* que du chagrin.

– Alors, explique-moi.

– Pardon, dis-je en essayant d'avaler la boule qui m'obstrue la gorge. Je suis désolée pour l'accident.

– Ce n'était pas ta faute ! C'est ce foutu scooter des mers qui a surgi de nulle part. Tu ne pouvais pas le savoir !

Il est sérieux ?

Je n'arrive pas à lire quoi que ce soit sur son visage, mais peut-être qu'il croit vraiment à cette version.

Mes sanglots et mes reniflements résonnent dans le silence. Bellman frappe nerveusement le sol du bout de la queue et gémit.

– Tout va bien, ma puce.

– Non, ce n'est pas vrai.

Rien ne va.

Axel est mort, il ne fêtera jamais ses quatorze ans.

Sa mère pleure tous les jours et ses frères ne s'amusent plus.

Ce n'est pas normal. Axel devrait être vivant, de même que papa et maman devraient être mes vrais parents. Et il ne devrait pas y avoir d'elfes plein la forêt, ni de monstres dans la mer.

Mais surtout : ça ne devrait pas être à moi d'arranger tout ça.

Je n'ai que douze ans, je ne suis pas assez forte, je ne suis pas assez courageuse. Je n'ai même pas envie d'essayer.

La Terre tourne beaucoup trop vite, je voudrais qu'elle s'arrête, que tout redevienne comme avant.

Je serre papa dans mes bras et il me caresse le dos jusqu'à ce que mes pleurs cessent, puis il va me chercher un mouchoir. Mes yeux sont tout gonflés et mon nez, bouché. Le mouchoir m'irrite les narines.

Papa tire sa chaise pour s'asseoir près de moi.

– Tu sais quoi ? dit-il.

Comme toujours quand il est ému ou énervé, son accent du Nord revient. Il vit dans l'archipel depuis treize ans, et habituellement ça ne s'entend plus.

– Je t'ai déjà raconté des tas de fois l'accident qu'on a eu quand tu étais bébé.

Il a toujours sur le front un bandage blanc qui protège ses points de suture.

– Je n'ai jamais eu aussi peur de ma vie que ce jour où notre voilier a chaviré. Tu étais dans les bras de ta mère, mais j'aurais voulu te tenir, moi. Quand quelque chose d'aussi terrible arrive, on veut porter soi-même son enfant et ne plus jamais le lâcher. Un jour, tu comprendras.

Elle tenait quelqu'un d'autre que moi, me dis-je. Les mots grossissent dans ma gorge, mais j'arrive in extremis à les étouffer.

– Je n'ai jamais été aussi heureux qu'à l'instant où je t'ai retrouvée, sur la plage, poursuit papa en me caressant la joue. Tu gigotais et babillais joyeusement sur le sable. Tu avais survécu aux vagues, à cette affreuse tempête. Et tu sais quoi, Tuva ?

Je reste muette. Parler m'est impossible, mais au moins je ne pleure plus.

– Depuis ce jour, je ne me suis plus jamais fait de souci pour toi. J'ai su qu'après ça tu t'en sortirais toujours. Quoi qu'il arrive.

Papa croise les mains sur la table. Ses ongles sont piquetés de gouttelettes de peinture, comme la nappe est mouchetée d'éclaboussures de soupe.

– Je sais que ça n'a pas toujours été facile pour toi, à l'école. Je me suis souvent dit qu'on devrait partir en ville, que ce serait mieux pour toi de rencontrer du monde et de te faire de nouveaux amis. Mais ta mère n'a jamais voulu déménager. Elle a toujours dit que tu étais plus forte que tu le croyais. Et je pense qu'elle a raison.

Il me caresse les cheveux.

– Quel que soit ce qui te tracasse en ce moment, tout ira bien. Tu n'as pas besoin de m'expliquer, je sais que tu réussiras à tout arranger.

Je hoche doucement la tête.

– Je t'aime, ma puce.

Papa ne fait pas souvent ce genre de déclarations – ni à maman ni à moi –, mais c'est la deuxième fois cette semaine. Je ne sais pas si je lui ai déjà répondu : « Moi aussi, je t'aime, papa. »

J'humecte mes lèvres gercées. Mon nez est toujours aussi plein.

– Papa, dis-je d'une voix tremblante et fluette. Quand tu m'as retrouvée sur la place, après l'accident… Comment tu as su que c'était moi ?

Mon cœur s'emballe dans ma poitrine.

Tout ce qu'il vient d'expliquer, était-ce adressé à l'autre Tuva ? Celle qui ne reviendra jamais, celle pour qui il me prend. Ou m'était-ce destiné ?

Papa m'adresse un regard d'une tendresse infinie.

– Parce que je suis ton père, murmure-t-il avec son accent chantant. Et je le serai toujours.

48

Je me réveille en pleine nuit. Je sais qu'ils rôdent là, tout près, dans la mer.

Je ne peux pas l'expliquer, mais je le sens. C'est comme lorsqu'une araignée vous chatouille la jambe dans votre sommeil : avant même de comprendre ce que se passe, vous avez d'instinct envie de crier et de la chasser.

Ce sont des monstres surnaturels.

Rien que ça.

L'eau nous parle, elle dénonce à demi-mot le crime que les hommes commettent contre la nature. Tout est pollué, souillé, gâché. Et les serpents de mer en font autant : ils détruisent tout sur leur passage.

Assise dans mon lit, j'écoute les légers clapotis qui me parviennent depuis le rivage. Ça vient du ponton.

Ce pourrait être un oiseau ou un poisson qui happe un insecte à la surface. Mais non…

Ils savent que je suis là. Ils s'adressent à moi.

– *Viens jouer*, sifflent-ils.

Leurs ombres glissent sur la façade de notre maison. Si je jetais un œil par la fenêtre, est-ce que je les verrais ? Est-ce qu'ils me verraient ?

Ils ne sont pas là pour la première fois. Je reconnais ce bruit.

Et si c'était mon imagination ?

Je sais bien que non.

Ils se font entendre. Sur le tableau au mur, le coucher de soleil s'est transformé en une créature terrifiante formée d'épais coups de pinceau. La couverture m'érafle les bras. J'enfouis mon visage sous mes draps et ferme les yeux.

Je sais qu'ils sont là et qu'ils attendent, sans doute jusqu'à ce que le soleil se lève.

Je ne trouve qu'une consolation : s'ils guettent ma maison, personne d'autre n'est en danger.

VENDREDI

49

Papa entre dans la cuisine à l'instant où je me mets à table pour le petit déjeuner. Il a l'air épuisé. Ses paupières sont lourdes comme s'il n'avait pas fermé l'œil de la nuit.

Je sais qu'il a des tas de soucis : moi, le bateau à remplacer, et la peur de ne pas avoir de travail. Pour ne rien arranger, il souffre d'un traumatisme crânien. Je regarde du coin de l'œil le bandage sur son front.

Dès qu'il s'assied, je lui tends la bouteille de lait et le paquet de céréales.

– Tes affaires sont prêtes ? me demande-t-il en se servant.

Papa est si fatigué qu'il ne se rend pas compte qu'il a pris mon bol en plastique avec des grenouilles qui font la ronde, celui que j'utilisais quand j'étais petite.

– Mmm… marmonné-je.

– Parfait.

Il est à deux doigts de s'écrouler de sommeil sur la table.

– Ça va, papa ?

– Oui, oui, répond-il, mais je ne le crois pas.

Quelques minutes plus tard, lorsque je prends mon sac et enfile mes bottes en caoutchouc, il murmure :

– Passe une bonne journée.

Le bateau-bus n'est pas à l'heure. Ça n'arrive presque jamais et, pour tenter de rattraper son retard, Österman marque des arrêts brefs à chaque embarcadère. Aujourd'hui, c'est au tour d'Hanna d'être malade alors qu'Isabelle est rétablie. Elle s'installe loin de moi.

Tandis que nous traversons la baie, je m'imagine montant à cet instant sur le bastingage et plongeant dans la mer. Je me demande ce que ça ferait. Je porte la main à mon cou, palpant du bout des doigts les boursouflures sur ma peau.

Je suis si perdue dans mes pensées que je ne remarque pas Rasmus et sursaute quand il s'assied lourdement près de moi.

– Oh, pardon, je t'ai fait peur ?

Comme toujours quand il grelotte, il souffle sur ses doigts. C'est vrai qu'il fait un froid de canard.

Rasmus a les joues toutes rouges. En le regardant, je me dis que l'air frais n'a jamais cet effet sur ma peau.

Est-ce quelque chose que j'ai hérité de mon peuple ? Des créatures qui vivent dans les océans… Même au fond de moi, j'ai du mal à les nommer, de peur de les rendre trop réelles.

Rasmus n'est pas encore au courant et je crains que la vérité ne dresse un mur entre nous. Que se dira-t-il en apprenant que je ne suis pas une fille normale mais une sorte de monstre sous-marin ?

Un changelin.

Je préfère me taire plutôt que d'essayer en vain de paraître normale. Mais, évidemment, Rasmus le remarque.

– Qu'est-ce qu'il y a ? me demande-t-il tout bas pour que personne d'autre n'entende. Il s'est passé quelque chose ?

Nous approchons de l'école. Les vagues écument au pied de la jetée où nous nous apprêtons à débarquer.

J'ignore sa question et lui dis :

– On se voit à midi ?

– Où ça ?

– Derrière le gymnase, à l'orée du bois. Là où personne ne peut nous voir.

50

Quand midi sonne enfin, je me sens fébrile. La réaction de Rasmus m'angoisse terriblement. J'en ai les larmes aux yeux et un gros nœud dans le ventre.

Je reste quelques minutes à ma place, jusqu'à ce que les autres aient quitté la classe. Une fois seule, je descends le couloir et sors dans le froid, pour rejoindre le sentier qui mène à la forêt.

Aujourd'hui, il fait presque aussi gris et humide que le jour de la disparition d'Axel, il y a plus d'une semaine. J'attends Rasmus derrière les arbres, à l'abri des regards.

Je vois d'avance l'expression de son visage lorsque je lui annoncerai la nouvelle. Le dégoût, la peur, voire la répulsion qui empliront ses yeux en apprenant que je ne suis pas un humain mais une créature venue des fonds marins.

Quelle que soit sa réaction, Rasmus est le seul à qui je ne puisse pas mentir.

D'une main tremblante, je tire sur la fermeture Éclair de mon blouson et tape des pieds sur place pour me réchauffer.

– Tuva ?

C'est sa voix. Il ne tarde pas à apparaître entre les arbres. Il chasse quelques aiguilles de pin tombées sur ses épaules puis regarde autour de lui, sans dissimuler son étonnement.

– Pourquoi voulais-tu qu'on se retrouve ici, et pas à la bibliothèque ou à la cantine ?

Je me sens toujours aussi mal. C'est comme si je m'étais décomposée et que quelqu'un essayait en vain de recoller les morceaux. J'ignore moi-même comment mon organisme fonctionne désormais.

– Parce que là-bas on n'est pas en sécurité.

– Mais ici, on l'est ?

Rasmus croise les bras sur sa poitrine et s'adosse à un tronc. Il n'a pas l'air tranquille non plus et je comprends soudain pourquoi : il a peur des elfes. Seules Maria et moi connaissons la vérité.

– Les elfes n'ont fait aucun mal à Axel, dis-je. Ni à toi d'ailleurs. Ils essayaient de te sauver.

– Qu'est-ce que tu racontes ?

Ça semble absurde, je m'en rends compte.

– Maria m'a tout expliqué. Les elfes t'attiraient

loin du rivage, pour que les serpents de mer ne te capturent pas à ton tour.

– Maria, l'infirmière ? fait Rasmus. Je croyais que c'était elle, la coupable ?

Un craquement retentit au-dessus de nos têtes. À l'instant, ce ne serait peut-être pas si mal qu'une branche cède et me brise le crâne – au moins, j'échapperais à cette conversation.

– Je me suis trompée, dis-je.

– Tu étais si sûre de toi ! s'écrie Rasmus d'un ton accusateur.

Il ne cache pas sa déception.

– Tu m'as juré qu'elle avait surgi dans ta chambre et qu'elle t'avait attaquée. C'est pour ça qu'on a appelé la police, tu te rappelles ?

Je tente vainement de me défendre :

– C'était vrai, elle l'a reconnu elle-même.

– Comment ça ? Tu lui as parlé ?

Rasmus donne un coup de pied dans un caillou. Je ne peux pas lui reprocher d'être en colère. Je lui ai fait des cachotteries, alors qu'il est de mon côté depuis le début. Il devrait être au chaud à la cantine, avec tous ceux qui lui ressemblent, au lieu de se geler ici devant moi. À sa place, je me laisserais seule avec mes tristes explications.

Mais je ne veux pas lui demander de partir. Je ne supporte pas l'idée de me retrouver sans ami.

– J'aurais voulu que tu sois là, dis-je. Tu aurais tout entendu depuis le début.

Et je ne t'aurais pas déçu… pensé-je.

– Alors, explique-moi ! rétorque-t-il, le visage fermé.

Les jambes tremblantes, je recule en titubant. Rasmus s'approche d'un pas. Je voudrais m'enfuir, mais je ne peux pas. Je place les mains sur mes hanches et écarte les pieds pour tenter de retrouver mon équilibre, tout en sachant que ce sera encore plus difficile dès que j'aurai tout avoué.

– Tu vas me détester, dis-je en forçant lamentablement un sourire. Tu ne voudras plus jamais m'adresser la parole.

– Trop tard, répond-il avec une grimace. J'ai grillé mes chances auprès des autres. Quoi que tu dises, je suis coincé avec toi, maintenant.

J'éclate de rire ; je parais sans doute hystérique, mais au moins la pression se relâche. Avec le froid, mon nez coule. Du bout de la manche de mon blouson, je m'essuie les narines et en profite pour sécher les larmes qui ont jailli de mes yeux.

– T'es taré, dis-je.

– Oui, je sais. C'est pour ça que je t'aime bien.

– Je croyais t'avoir impressionné, l'autre jour, avec ma prise de judo.

– Ça aussi.

Avec l'humidité, les cheveux ébouriffés de Rasmus

paraissent plus sombres. Malgré le froid, il n'a pas fermé sa doudoune. Quelque chose de chaud grandit dans ma poitrine.

Comme il n'a plus l'air fâché, je voudrais ne rien ajouter, mais je m'arme de courage et déclare tout de go :

– Je… je ne suis pas vraiment humaine.

Les mots résonnent un instant dans l'air gelé. Les prononcer me choque plus que je ne l'aurais cru, j'en ai presque le souffle coupé.

Après quelques secondes, il hoche la tête.

– Ah… dit-il simplement.

– C'est dingue, hein ?

J'essaie de paraître calme, mais ma voix me trahit.

– Comment ça ? demande-t-il après un court silence. Tu es quoi, si tu n'es pas humaine ?

Je réfléchis à ma réponse. Par quoi commencer ?

– Tu te souviens de ce qui m'est arrivé quand j'étais petite, l'accident dont je t'ai parlé ?

Rassemblant toutes mes forces, je relève mes cheveux pour dégager mon cou.

– Ce ne sont pas des cicatrices mais des branchies. Ou plutôt ce qu'il en reste. Le bébé que mon père a retrouvé sur la plage de Grönskär n'était pas sa fille, mais… moi.

Je fixe le pin le plus proche, me forçant à rester où je suis, alors que j'ai envie de m'enfuir en courant.

– Le peuple des océans m'a abandonnée et confiée

à mes parents, pour qu'ils s'occupent de moi comme de leur enfant.

Les arbres filtrent la pâle lumière du jour. Un vent glacial se glisse dans mon blouson, je grelotte. Le sol est jonché d'aiguilles brunâtres qui forment des petits monticules.

Rasmus cligne des yeux.

– Le peuple des océans ?

– Oui, dis-je. C'est comme ça que Maria les appelle. Ils font partie du peuple ancien.

Pour l'instant, je me garde de lui parler des trolls et des farfadets. Je lui expliquerai tout ça plus tard, s'il m'adresse encore la parole.

Rasmus ouvre la bouche, mais aucun son n'en sort.

– Donc, tu peux respirer sous l'eau ? finit-il par demander.

Je fais non de la tête.

– Plus maintenant, les branchies se sont refermées. C'est pour ça qu'on dirait des cicatrices.

Je relâche mes cheveux pour que les mèches cachent de nouveau mon cou. Je pense à mon teint de porcelaine, presque livide, à mes ongles épais, à ma tignasse blond platine qui ne se laisse jamais coiffer.

– Le peuple des océans ? répète Rasmus.

Je voudrais qu'il me pose des questions, qu'il

articule n'importe quoi pour effacer ce regard vide qui me dévisage.

– Il paraît qu'ils combattent le mal, dis-je. Enfin… nous. Mon peuple a la force de vaincre les horribles créatures qui nous ont attaqués, papa et moi. Maria m'a expliqué que c'étaient des serpents de mer.

Rasmus hoche doucement la tête puis murmure :

– Ce qui vous a pourchassés dans l'eau et que tu as réussi à faire fuir ? C'étaient des serpents ?

– Oui, apparemment.

Mon cœur bat à toute allure.

– Je savais que tu n'étais pas une fille comme les autres, Tuva… déclare Rasmus.

Une expression se dessine enfin sur son visage : ni le dégoût ni la peur. L'esquisse d'un sourire.

– Mais je n'aurais jamais cru que tu étais magique, conclut-il.

« Magique ». C'est nettement mieux que l'idée d'être un monstre !

– Je ne sais pas vraiment ce que je suis, dis-je en sentant mes joues s'enflammer.

– Tu es magique, répète-t-il en me regardant droit dans les yeux.

J'ai du mal à respirer.

– Je comprends maintenant pourquoi tu ne m'en as pas parlé tout de suite, reprend-il. C'est fou !

– Oui, c'est fou…

– Ça te fait quoi ?

– Je ne sais pas, c'est bizarre. J'ai encore du mal à le croire, même si ça peut expliquer pas mal de choses.

– Les elfes, par exemple, observe Rasmus. S'ils sont partis, c'est grâce à tes pouvoirs magiques.

– Peut-être. Je n'y avais pas pensé.

J'ignore encore tant de choses sur moi-même.

– Reprenons depuis le début, suggère Rasmus. Quand est-ce que tu as parlé avec Maria ? Et qu'est-ce qu'elle fabriquait dans ta chambre, l'autre nuit ?

– C'est ça, raconte-nous tout ! lance une voix nasillarde derrière un gros tronc d'arbre.

Isabelle. Depuis combien de temps elle se cache là ? La mousse trempée a dû étouffer le bruit de ses pas.

– Le peuple des océans ? fait-elle avec un sourire narquois aux lèvres. C'est quoi ce délire ?!

51

Isabelle, Rasmus et moi formons un petit triangle à l'orée du bois. Tournant le dos aux premiers arbres, elle se tient déhanchée face à nous. Ses bottes en caoutchouc à paillettes jurent dans le décor.

– Qu'est-ce que tu fous là ? demande Rasmus.

J'essaie, malgré le stress, de penser à ce que nous avons dit ces dernières minutes. Qu'a-t-elle pu capter ? Que sait-elle ?

– Tout à l'heure, sur le bateau, je vous ai entendus vous donner rendez-vous, répond Isabelle. Je n'ai pas pu résister à la curiosité.

La voir si fière d'elle-même me rend furieuse.

– On ne t'a pas invitée, alors va-t'en ! dis-je d'une voix aiguë.

– Pourquoi ? fait Isabelle avec un sourire mauvais.

Ça ne servirait à rien, maintenant que je sais tout. J'ai juste hâte de connaître la fin de cette histoire.

– Tu bluffes ! rugit Rasmus.

– C'est ce que tu espères ! rétorque-t-elle en nous fixant. Mais j'ai entendu chaque mot.

Elle rejette ses cheveux en arrière, de son air de peste habituel. Ses yeux sont aussi froids qu'un poisson mort.

– Vous êtes si mignons tous les deux… à vomir.

Un instinct primitif de violence m'envahit soudain. Je voudrais la pousser du haut d'une falaise, lui enfoncer le visage dans la mousse jusqu'à ce qu'elle ne respire plus. Arracher cette expression insupportable de son visage.

Calme-toi, calme-toi, calme-toi.

– Tais-toi et dégage ! m'écrié-je. Tu ne sais rien de rien ! Et puis, c'est pathétique de nous suivre comme ça. On t'obsède, ou quoi ?

Une lueur malveillante traverse son regard.

– Moi, pathétique ? T'es bien la dernière à pouvoir lancer ça ! C'est toi, la loseuse du collège !

Avant que j'aie le temps de répondre, Rasmus avance d'un pas.

– Ta gueule ! gronde-t-il, fou de rage. Ferme-la ! Tu n'as rien entendu de notre conversation.

– Ah oui ? crache-t-elle. Alors, c'est quoi, le peuple des océans ?

Son sarcasme est aussi violent que l'assiette qu'elle m'a balancée l'autre jour à la cantine.

– T'es tellement folle que t'as besoin de t'inventer un petit monde fantastique ? Harry Potter va bientôt débarquer sur notre île, hein ?!

Isabelle montre les crocs.

– C'est pour ça que tu t'en es prise à Axel ? continue-t-elle. Pour un sacrifice, ou je ne sais quoi ?

Je me rends soudain compte qu'elle y croit. Jusqu'à présent, je me disais que les ragots qu'elle colportait dans mon dos n'étaient que pure méchanceté, mais je réalise qu'elle pense vraiment que j'ai agressé Axel. Que je l'ai assassiné.

– JE N'AI RIEN FAIT !

Mon exclamation est un peu désespérée, mais j'ai peur de ce qu'elle peut s'imaginer, si elle a vraiment entendu notre conversation. Je n'ose même pas y penser.

– Je n'ai pas touché à un seul de ses cheveux, dis-je plus bas, en serrant les poings. Tu n'as aucune idée de ce qui se passe, Isabelle, tu as tout faux. Ne commets pas l'erreur…

– Tu sais que tu vas finir en prison ? répond-elle en écartant quelques mèches humides de son front. Un monstre comme toi, on l'enferme !

– Isabelle…

Rasmus s'approche encore d'un pas, mais elle l'arrête en levant la main.

Je suis comme paralysée.

– Pas un geste, ordonne-t-elle d'un ton qui trahit qu'elle est aussi effrayée que moi. Sinon, je hurle pour que toute l'école m'entende. Je dirai que vous m'avez forcée à venir ici et que vous avez essayé de me tuer, comme Axel.

Ses yeux flamboient.

– Les services sociaux vont débarquer et vous interner, tous les deux. J'espère que vous moisirez dans votre cellule, que vous n'en sortirez jamais !

– Qu'est-ce que tu racontes ? tente Rasmus.

– Toi, je ne comprends pas ce qui t'est arrivé, répond Isabelle d'une voix qui tremble un peu. On était copains, non ? Comment tu peux traîner avec elle ? C'est elle qui a tué ton meilleur ami, tu te souviens ?

Du dos la main, elle s'essuie le nez.

– Et tu l'encourages dans ses délires ? balbutie-t-elle en reniflant. Cette fille est folle. Pourquoi tu ne rapportes pas tout à la police ? Tu étais avec Axel, ce jour-là, tu as bien dû la voir.

Elle ne retient plus ses larmes.

– À moins que tu sois son complice ? Que tu l'aies aidée à supprimer Axel et à l'enterrer quelque part, où personne ne pourra jamais le retrouver. C'est la seule explication, non ? Sauf que je ne comprends pas comment tu as pu faire une chose pareille avec… avec *elle*.

Rasmus est en état de choc.

– Qu'est-ce que… Quoi ? bafouille-t-il.

Isabelle recule de deux pas et semble reprendre le contrôle de ses émotions.

– Tu es aussi frappé qu'elle, déclare-t-elle d'un ton acerbe. Je peux le prouver.

Elle plonge la main dans sa poche et en sort son téléphone. Elle pianote rapidement sur l'appareil à la coque dorée et une voix métallique résonne. La mienne : « Je ne suis pas vraiment humaine… Le peuple des océans m'a abandonnée et confiée à mes parents. »

Isabelle appuie sur « Stop » et serre fort son portable dans la main.

– Je vais faire écouter cet enregistrement à tout le monde. Aux gens de l'école et à la police, pour qu'ils comprennent enfin que la coupable, c'est toi, Tuva. J'espère qu'on t'enfermera à vie.

Mon regard reste fixé sur le téléphone. Qu'un si petit appareil puisse briser mon existence, c'est insensé.

Je murmure :

– Tu ne ferais pas ça.

– Ah non ? Et comment tu comptes m'en empêcher ? En me zigouillant, peut-être ?

À voir comme ses yeux brillent de rage et ses paupières frémissent, je me demande qui de nous deux est la plus dérangée.

– Je hurle au moindre geste, prévient-elle de nouveau. Les autres m'entendront, et en plus j'ai dit à Kristoffer que j'allais derrière le gymnase.

Je n'arrive pas à savoir si ses menaces sont sérieuses. Je jette un œil à Rasmus, qui semble pétrifié. Il faudrait essayer d'arrêter Isabelle, mais que faire ?

C'est trop tard.

52

Isabelle ouvre la bouche, sur le point de lancer un de ses commentaires qui tuent, mais son visage n'est soudain plus qu'une grimace.

– Qu'est-ce qui sent comme ça ?

Pendant un instant, elle n'a plus l'air de rien d'autre que d'elle-même. Une seconde plus tard, je capte à mon tour l'odeur. Une puanteur d'œufs pourris, si forte que j'en ai presque les larmes aux yeux.

Rasmus a compris avant moi. Une expression effrayée se peint sur son visage puis se répand comme une crampe dans tout son corps.

Je ne saisis ce qui se passe qu'au moment où je me retourne et découvre les petits points lumineux entre les arbres.

Ils forment une étrange spirale mouvante qui se rapproche.

– Rasmus, ferme les yeux, mets les mains sur ton visage ! m'entends-je dire d'une voix, tranchante, vibrante d'inquiétude.

Rasmus obéit.

– Qu'est-ce que c'est que ça ? demande Isabelle en mâchant les mots un à un.

Elle paraît étourdie, comme si on l'avait droguée. Trois points lumineux dansent à cinquante centimètres d'elle, juste devant son visage. Elle tente de lever la main pour les attraper, mais son bras retombe, tout flasque.

Isabelle se balance un peu, puis se fige.

Rasmus, à mes côtés, cherche son souffle.

– Ne regarde pas, lui dis-je tout bas. Ils sont là, les elfes.

– Qu'est-ce qui se passe ?

– Je ne sais pas, mais promets de ne pas regarder.

Comme le jour de la disparation d'Axel, les points lumineux tourbillonnent, dessinent des pirouettes lumineuses aux motifs scintillants.

Ils se sont regroupés devant Isabelle, virevoltent face à son visage, et elle commence à les suivre, le regard vide. L'un des points se détache et se dirige vers moi. Telle la reine des abeilles lorsqu'elle quitte la ruche, il semble plus gros que les autres.

La créature s'arrête juste à la hauteur de mes yeux.

De si près, je distingue ses bras et jambes effilés, ses ailes délicates, plus fines que des toiles d'araignées.

Elle est presque trop brillante pour que je puisse discerner ses traits, pourtant je les vois.

Soudain, deux mots surgissent dans ma tête :

– *Bonjour, Tuva.*

Ce ne sont pas mes propres pensées, ces mots ne viennent pas de moi. Je cligne plusieurs fois des yeux et des larmes dégoulinent quand je les plisse en direction du point lumineux.

J'ouvre la bouche pour répondre, avant de comprendre qu'il me suffit de penser ma réponse :

– *Bonjour.*

L'elfe, la reine des elfes, flotte devant moi en montrant Isabelle du doigt. Je commence par ne pas saisir, mais l'elfe attend patiemment. En voyant le visage inexpressif d'Isabelle, une nouvelle image m'apparaît : celle du téléphone doré.

J'avance vers Isabelle à pas prudents, puis jette un œil autour de moi.

La reine des elfes est toujours là.

Je tends la main, récupère le portable qui glisse mollement de sa prise. Pourvu qu'il ne soit pas bloqué par un code…

Ouf, l'écran s'allume ! Mes doigts sont moites, mais j'accède sans problème à ce que je cherche. Il n'y a qu'un fichier sonore : ce fameux enregistrement. Une pression sur l'écran, et le voilà effacé. Puis, retenant mon souffle, je glisse le téléphone dans la poche d'Isabelle.

Elle ne s'est aperçue de rien et regarde toujours fixement le lent tournoiement des elfes.

Je recule doucement en direction de la reine, en chuchotant, ou plutôt en pensant :

– *Merci.*

Deux autres images me reviennent, plus difficiles à interpréter. La première est celle d'Isabelle, la seconde est blanche, sans contenu. Je ne comprends pas bien…

Alors, un nouveau mot fait son chemin dans mon esprit :

– *Souvenir.*

– Vous lui avez pris ses souvenirs ?

La peur, la gratitude, et une autre intuition, plus sombre, m'envahissent.

Qui sont-ils en fait ? Ont-ils d'autres pouvoirs ?

Les elfes m'ont l'air bienveillants, mais j'ai l'impression que les fréquenter est aussi périlleux que de marcher sur un fil. Un minuscule faux pas, un mot mal choisi et… Je ne veux pas penser à ce qui pourrait m'arriver si je les mettais en colère.

L'odeur de soufre est étouffante. Elle me donne le vertige. Je vois Rasmus vaciller.

– Assieds-toi, lui dis-je en touchant son coude.

Il s'exécute et se laisse tomber à terre, les yeux toujours résolument fermés.

La reine m'envoie une nouvelle image : une chaîne dont un anneau se brise.

– *Pas tout.*

Je demande en pensée :

– *Juste ce qu'elle nous a entendus dire ?*

La reine des elfes semble approuver de la tête. Pour la première fois depuis l'apparition d'Isabelle, je respire sans peine.

La zone lumineuse scintille.

Maintenant que la peur ne me paralyse plus, je découvre la grâce enchanteresse des elfes. Ils évoluent dans l'air par mouvements minuscules, délicieusement légers, un ballet de conte de fées qui se déroule devant mes yeux.

Cette vision ne m'est pas étrangère, je le ressens au plus profond de moi. Quelque chose de presque oublié et d'enfin retrouvé bouge dans ma mémoire.

– *Pourquoi ?*

Je n'ai pas pu retenir la question.

Les images qui m'arrivent ensuite sont si grandes et si fortes que je ne sais plus où nous nous trouvons.

Tout à coup, la mer est toute proche. Il fait nuit, la houle se déchaîne, le vent mugit sous un ciel de charbon. Pourtant, je vois nettement ce qui s'agite sous la surface : de grandes formes sombres et ondulantes frappent de la queue. Une autre silhouette, beaucoup plus petite, vient bientôt s'attaquer à elles. Ses cheveux clairs flottent dans l'eau.

Quelqu'un qui me ressemble.

Puis les images s'estompent et je revois les bois qui m'environnent. Mais l'impression reste. Comme si les elfes peignaient des tableaux dans ma tête.

Troublée, je me retourne vers la reine.

– *Je vais mourir ?*

On dirait qu'elle esquisse un petit geste de sa main gracile.

Le mot « non » clignote dans mon esprit.

La reine volète plus haut pour se rapprocher, à tel point que je ferme les yeux. Derrière mes paupières closes, l'image réapparaît.

Cette fois, je comprends.

Là-bas, sur la plage, près de la mer en furie, d'autres points lumineux survolent le sable. Ils glissent dans les airs, en observant de près ce qui se passe.

Ils veillent sur le personnage solitaire, là-bas, dans l'eau.

Le mot vient tout seul :

– *Merci.*

Des doigts minces, presque brûlants, m'effleurent la joue. Quand je rouvre les yeux, les elfes ont disparu.

Chancelante, je m'appuie à un tronc d'arbre.

Je laisse passer un long moment, avant de chuchoter à Rasmus :

– C'est bon, tu peux regarder.

– Ils sont partis où ? murmure-t-il.

La terrible odeur de soufre s'est envolée, elle aussi.

– Aucune idée.

Isabelle est toujours là, absolument immobile, les yeux grands ouverts. Je lui touche prudemment le bras.

– Isabelle ? dis-je. Ça va ?

D'abord, rien ne se passe, puis elle bat des paupières, une fois, deux fois, trois fois, et son regard sort enfin du flou.

– Tuva ? dit-elle.

Soudain, elle se penche et vomit contre un tronc.

Rasmus et moi nous tenons près d'elle.

– Qu'est-ce qui s'est passé ? demande-t-elle, les cheveux ébouriffés.

Rasmus reprend ses esprits le premier.

– On n'en sait rien, se dépêche-t-il de répondre. On t'a vue marcher vers la forêt, et ça nous a inquiétés. Tu n'as pas l'air bien, et avec ce qui s'est passé la semaine dernière…

Isabelle se penche à nouveau et hoquette, avant de se redresser.

– Vous… Vous m'avez fait quelque chose ?

Les soupçons ne l'ont manifestement pas quittée.

– De quoi tu parles ? dis-je avec autant de conviction que possible. On t'a trouvée il y a quelques minutes. Tu avais l'air complètement ailleurs.

L'odeur des raviolis à moitié digérés d'Isabelle

m'arrive aux narines. Quelques secondes passent avant qu'elle rende les armes.

– Alors… merci, j'imagine.

Voyant qu'elle titube, Rasmus la prend par le bras.

– Je t'accompagne à l'infirmerie. Tu aurais dû rester chez toi, aujourd'hui aussi. Tu es toute verte, on dirait bien que la fièvre est de retour.

Isabelle se touche les joues. Elle me jette un regard incertain.

– J'ai du vomi dans les cheveux ? demande-t-elle presque gênée.

– Non, dis-je rapidement. Y a rien.

– Allez, viens, l'encourage Rasmus.

Ils commencent à marcher vers l'orée du bois et je les suis, quelques pas en arrière. Au moment où nous passons la dernière ligne d'arbres, je jette un regard par-dessus mon épaule.

Je crois entrevoir une lueur derrière un pin – mais peut-être que je me trompe.

53

– Qu'est-ce que tu comptes faire ? me demande Rasmus.

À demi affalés sur la plage caillouteuse en contrebas de l'école, nous baignons dans le pâle soleil de l'après-midi qui vient de percer la couche nuageuse. D'ici quelques heures, il disparaîtra à l'horizon, mais pour l'instant j'échappe encore à la peur qui me saisit dès la tombée de la nuit.

En réalité, on a arts plastiques ; la prof nous a donné comme consigne de croquer un motif de l'île, mais les blocs de dessin sont posés par terre et les crayons, enfouis dans nos poches.

Rasmus joue avec une pomme abîmée qu'il n'arrête pas de lancer en l'air.

– Je ne sais pas, dis-je dans un murmure.

C'est la seule chose dont je sois sûre.

– Maria t'a parlé de tes pouvoirs ? reprend Rasmus. Qu'est-ce que tu sais faire ?

– Sans doute ce que j'ai déjà fait, sous l'eau. Quand j'ai… chanté, si on peut dire.

Rasmus abandonne la pomme et ramasse une pierre plate qu'il lance vers la mer. Elle ricoche trois fois avant de couler.

– Tu peux peut-être recommencer ? Puisque ça a marché la première fois…

Le froid de la plage a commencé à me gagner. Je bascule le poids de mon corps d'une cuisse sur l'autre.

– J'ai failli me noyer.

Je creuse à deux mains la masse de gravillons humides et y enfonce mes doigts.

Rasmus ne répond rien. Se taire un instant, côte à côte, c'est si bon. Mais je romps le silence :

– Je dois faire quelque chose, sinon ils continueront à tuer. Ils chassent en groupe. D'après Maria, plus ils attrapent de gens, plus ils sont forts. Je ne peux pas assister tranquillement à leurs ravages.

La lumière argentée joue sur la crête des vagues. À cette heure de la journée, les monstres doivent se tapir quelque part, mais je cherche quand même leurs ombres du regard, guettant ce clapotis suspect que je viens à nouveau d'entendre.

– Et en plus, ils savent où j'habite.

Rasmus se relève brusquement.

– Comment ça ?

– Je les ai entendus la nuit dernière par la fenêtre. Ils m'attendaient.

– T'en es sûre ? Ça pouvait être autre chose. Un oiseau, ou un phoque.

Rasmus voudrait bien que ce soit autre chose. Moi aussi… Un frisson me parcourt.

– J'ai senti leur présence. Je sais qu'ils m'attendaient, là-bas, près du ponton.

– Qu'est-ce que ça signifie ?

– Je ne sais pas, dis-je une fois de plus.

Comment expliquer ce que je ne comprends pas moi-même ?

– Je vais t'aider.

Dans cette lumière froide et claire, les pupilles de Rasmus sont toutes petites. Mon cœur s'accélère.

– On va faire ça ensemble, poursuit-il. Tu y arriveras. On va y arriver, tous les deux.

Sa main frôle mon petit doigt. J'ai autant envie de me lever que de rester là.

– Je ne sais pas si c'est possible, dis-je dans un soupir.

– Il le faut.

Ses mots sont lourds comme des pierres. Je voudrais tant qu'il ait raison, mais je me souviens du moment où ma force face aux serpents a fait place à une douleur brûlante, écrasante dans ma poitrine.

Au moment où j'ai coulé.

Une idée me passe par la tête : *Demain, je serai peut-être morte.*

Rasmus se penche vers moi, avance la main vers ma joue. Mais au même instant l'une des fenêtres de l'école s'ouvre et Lena apparaît dans l'encadrement :

– Tout le monde en classe, lance-t-elle. Dépêchez-vous !

Je me relève et frotte l'arrière de mon jean pour en ôter le sable et les cailloux.

– Le dernier cours de la journée, dis-je en m'efforçant de prendre un air détaché. On a bientôt fini.

Combien de temps reste-t-il avant le coucher du soleil ? Deux heures ? Trois, peut-être ?

Je regarde Rasmus en essayant de sourire.

Même si quelque chose de capital devait se passer cette nuit, ce n'est sûrement pas la dernière fois qu'on passe un moment ensemble, tous les deux. Et pourtant, je grave son visage dans ma mémoire, au cas où je ne le reverrais plus.

Ma gorge se noue.

Je me dépêche de remonter vers le bâtiment, mon bloc de dessin sous le bras. Mais Rasmus me rattrape.

Il prend ma main dans la sienne et ne la lâche plus jusqu'au moment où nous entrons en classe.

54

Je m'étire dans mon lit, bats des paupières pour chasser le sommeil. Même s'il fait très noir dans la pièce, je n'ai pas l'impression d'être en pleine nuit.

Tout à coup, je me souviens que, sitôt rentrée de l'école, je me suis couchée et me suis endormie. Les aiguilles de mon réveil indiquent six heures dix. Bientôt l'heure du dîner.

Je m'assieds sur le bord du lit, me frotte les yeux. La Terre ne semble pas tourner comme d'habitude.

La maison est parfaitement silencieuse. Je descends l'escalier sans allumer la lumière, puis entre dans la cuisine éclairée. Papa est assis à la table et lit le journal en écoutant la radio tout bas.

– Ça va mieux ?

Il écarte les pages roses de l'actualité sportive dans

lesquelles il était à l'instant plongé. Je bâille et m'installe sur la chaise en bois, à côté de lui.

– Comment tu sais que j'ai dormi ?

– Ta mère est allée jeter un œil dans ta chambre. Elle a dit que tu dormais comme une marmotte.

Il pose sa main sur la mienne et la serre. Le pansement sur son front est taché de gris.

– Pas étonnant que tu sois fatiguée, après une semaine pareille.

Je regarde autour de moi. Il n'y a pas de casserole sur le feu, ni de poêle d'où monterait une bonne odeur.

– On ne va pas bientôt manger ?

– J'attendais que tu te réveilles. Rien ne presse, on n'est que tous les deux, ce soir. Qu'est-ce qui te ferait envie ?

Mes pensées se mettent peu à peu en place.

– Pourquoi n'est-on que tous les deux ? Où est maman ?

Papa montre la porte d'un coup de menton.

– La clinique a appelé tout à l'heure : une de ses collègues est en congé maladie et on a demandé à ta mère de la remplacer. Elle s'est fait conduire à Stavnäs par Iris.

J'essaie d'enregistrer ce qu'il dit, en battant des paupières.

– Mais elle ne devait pas travailler, aujourd'hui ?

Papa reprend son journal.

– Non, répond-il. Mais un peu plus de sous ne nous fera pas de mal, avec le bateau et tout.

Mon regard est attiré vers la fenêtre, vers l'obscurité opaque de l'extérieur.

Je les sens qui ondulent, excités, quelque part dans cette obscurité.

– Elle est partie quand ?

Ma voix est perçante.

– Il y a un quart d'heure. Qu'est-ce qui se passe, Tuva ?

Les battements de mon cœur résonnent dans mon crâne.

– Appelle-la maintenant, tout de suite ! Dis-lui de rentrer à la maison, elle ne doit pas prendre la mer !

Je tremble de tout mon corps. Papa a l'air étonné, mais je n'ai pas le temps de lui expliquer quoi que ce soit. C'était donc ça, ce sentiment bizarre, quand je me suis réveillée tout à l'heure dans ma chambre. Ils ne m'attendaient plus devant ma fenêtre. Ils ont trouvé une nouvelle proie.

– Je ne peux pas l'appeler, répond papa sur un ton d'excuse. J'ai mis mon téléphone à réparer, hier. Il ne marchait pas bien, l'eau a dû l'abîmer.

– Oh non, papa…

– Qu'est-ce qui ne va pas ?

Il a l'air d'avoir peur, lui aussi, mais il ne saisit pas la gravité de la situation. Comment pourrait-il comprendre ?

Je me jette à son cou, le serre aussi fort que je peux et murmure :

– Je t'aime, papa.

Puis je me précipite dans le couloir, enfile mes bottes et sors en courant, mon blouson à la main.

Je l'entends crier dans mon dos :

– Où vas-tu ?

Mais je ne me retourne pas. Je n'ai pas le temps.

Je cours comme une folle, trébuche sur des racines, mais réussis à éviter la chute même si je n'y vois rien. Quand j'arrive enfin chez le vieil Ingvar, toutes les fenêtres de sa bicoque sont éteintes. Je cogne à la porte de toutes mes forces.

Mes doigts sont engourdis par le froid, mais je continue de frapper jusqu'à ce que mes phalanges me fassent mal.

Ouvrez, je vous en supplie !

La porte s'ouvre enfin. Le vieil homme apparaît sur le seuil, ébahi. Il porte une robe de chambre crasseuse sur un pyjama usé. Ses cheveux gris sont ébouriffés, mais il a l'œil vif.

– Tuva ? s'étonne-t-il. Qu'est-ce qui se passe ? Il y a le feu quelque part ?

Je dois reprendre un peu mon souffle avant de pouvoir parler, mais je sais que les secondes sont comptées avant que les monstrueux reptiles flairent leur chance.

– Je peux emprunter votre téléphone ?

Les mots se bousculent.

– C’est très urgent. Je dois appeler ma mère !

Ingvar disparaît dans sa cuisine. Je l’entends ouvrir un tiroir, puis un deuxième. Quelque chose tombe sur le parquet.

Jamais le temps n’a passé aussi vite… et aussi lentement.

Il revient enfin, mais en secouant la tête.

– Je ne le trouve pas. Tu peux revenir un peu plus tard ?

– Alors, prêtez-moi votre bateau !

J’ai crié, et je crie encore :

– Je n’ai pas le temps de vous expliquer, mais c’est une question de vie ou de mort !

Le vieil Ingvar jette un regard inquiet par-dessus mon épaule.

– Tu ne devrais pas sortir comme ça par les temps qui courent, ma fille. C’est dangereux.

Et il ajoute, sans détour :

– Le soleil s’est couché.

Son chat Nero, la queue en torsade, pousse vers moi un miaulement plaintif.

– Maman est en mer, dis-je, des pleurs plein la voix. S’il vous plaît !

Une éternité semble s’écouler avant qu’il tende finalement la main pour ôter de son crochet une clef en laiton oxydée.

– Tiens, fait-il en la posant dans ma paume toute moite. Mais promets-moi d’être prudente.

55

Je tourne la clef dans le contact. Mes doigts glissent.

Je dois m'y reprendre à trois fois pour faire démarrer le moteur qui se réveille enfin en toussant bruyamment. Le hors-bord d'Ingvar est plus vieux et plus capricieux encore que notre bateau orange, celui qui gît désormais au fond de la Baltique.

Quand je quitte le ponton, l'amarre tombe à l'eau avec un gros plouf.

L'obscurité est visqueuse comme du goudron, mais je conduis presque à l'aveugle. Mon instinct me guide plus efficacement qu'un GPS.

Le vieux rafiot de tôle vole au-dessus des vagues. À la moindre fausse manœuvre, il risque de chavirer. Je n'ai pas le temps de m'arrêter sur ce genre de pensées.

La mer me transporte sur ses ailes noires. Les îles et les écueils défilent comme des ombres sifflantes dans la nuit. Je sais que je ne suis plus loin.

Je les entends.

C'est un son très fort et très faible à la fois, un bruit sourd qui se répercute dans les profondeurs marines. À présent, je comprends que ce qui me tracassait depuis des semaines, c'étaient ces sons horribles. Je les percevais par-delà le bruissement des vagues et du vent. Une dissonance qui s'est glissée dans mon existence.

Quelque chose de laid, de tortueux et d'agressif m'a écorché les tympans, nuit après nuit, faisant surgir une colère enfouie, vieille comme le monde, une rage qui ne vient pas de moi mais sort de la nuit des temps.

Je veux, de toutes mes forces, faire disparaître cet écho maudit pour rendre à la mer sa mélodie naturelle. Plus jamais on ne devra l'entendre.

Le vent de la course fait pleurer mes yeux. J'évite au dernier moment un banc de sable à peine visible. Le froid raidit mes mains sur le volant, mais je m'en moque.

Je les entends de plus en plus nettement, ces monstres qui se déplacent sous l'eau vers un but précis.

Ils se préparent.

Ils ont compris que j'étais en route, mais poursuivent quand même leur chasse. Une brume d'excitation monte vers la surface. Ils approchent de leur proie. Je le sens à travers l'eau, comme on reçoit des ondes radio par l'espace.

Je sens leur joie frémissante, acérée comme une lame.

Ils rient de moi.

– Maman !

Je hurle, même si le vent avale ma voix. Jusqu'où peut-elle être allée ? Elle ne m'entend pas, mais je dois essayer quand même.

– MAMAN !

À travers le grondement du moteur et le battement des vagues contre la coque, je ne perçois qu'un murmure.

L'appel qui leur sert à attirer leurs victimes.

Le piège m'attend. Je le sais, mais il n'y a pas d'autre issue.

C'est ce que j'ai essayé de dire à Rasmus, tout à l'heure, sur la plage. Il va falloir en finir.

Pas maman. Ils n'auront pas maman.

Au moment où j'aperçois des ombres, un peu plus loin, un nouveau son me parcourt le corps à travers l'air glacial et mes sueurs froides.

Une forme de plus en plus agitée s'avance et recule en ondulant.

Le bateau fait de son mieux, mais j'essaie d'accélérer encore, m'appuyant sur le volant et priant mes ancêtres de me donner un peu de temps.

Le premier choc, un petit coup à peine sensible, suffit à faire dangereusement gîter le bateau. Je suis sur le point de passer par-dessus bord, mais je retrouve l'équilibre et m'agrippe encore plus au volant.

Le voilà. Je vois le bateau d'Iris. La collègue de maman l'a déjà conduite à de nombreuses reprises : je reconnais l'embarcation de loin.

Elle flotte, mais il fait trop noir pour que je puisse voir si quelqu'un est encore à bord.

Le temps s'arrête.

J'appelle de nouveau :

– Maman !

Puis je me force à décélérer au maximum, malgré mon instinct qui me crie le contraire. J'avance au ralenti jusqu'à l'autre bateau.

– Ohé ! Maman ? Iris ? Vous êtes là ?

Rien.

Mais soudain, j'entends une voix inquiète. Cette fois, elles ne sont plus qu'à quelques mètres de moi.

– On est rentrées dans un banc de sable. Åsa s'est cogné la tête.

Je distingue leurs silhouettes. Maman est assise au fond du bateau, une main sur son front.

– Tuva ?

Elle parle si bas que j'ai du mal à l'entendre, mais c'est bien elle. Je sens mes jambes flancher de soulagement.

– Qu'est-ce que tu fais ici ? continue-t-elle en se tournant vers moi.

Elle a l'air sonnée.

Je leur crie :

– Ne restez pas ici, c'est dangereux ! Retournez à terre, tout de suite !

Mais de nouveau, les serpents frappent. Cette fois, ce n'est pas un avertissement. Ils se manifestent.

Le choc est si violent que je vois ployer un bord du bateau. La tôle extérieure est cabossée. Le bateau tangue très fort.

– *Viens par ici jouer un peu.*

– Qu'est-ce que c'était ? s'écrie Iris.

Elle semble terrorisée, et je crois apercevoir un éclat de frayeur dans les pupilles de maman, même si je ne peux pas les distinguer dans la nuit.

– Partons d'ici, immédiatement ! S'il vous plaît, faites ce que je vous dis !

La couche de nuages se déchire soudain, découvrant une demi-lune. La lumière blanche fait apparaître Iris, debout dans le bateau, ombre menue tournée vers moi. Mon temps est trop précieux pour me préoccuper d'elle : je n'ai d'yeux que pour maman, et je vois qu'elle commence enfin à saisir le danger.

Je t'aime, maman.

Je hurle :

– Partez d'ici !

Mais quelque chose de noir et luisant émerge peu à peu. Si énorme que mon estomac se retourne.

– Partez ! Partez !

L'eau s'agite bruyamment à l'endroit précis où se trouve maman, et Iris pousse un petit cri. Quelque chose roule à fleur d'eau, dangereusement près de la poupe. Le moteur hoquette enfin, et le bateau s'éloigne en rebondissant sur les vagues, disparaissant vers l'île la plus proche.

Me voilà seule, sur une minable construction de tôle, ridiculement fragile. Depuis le début, c'est là que je me dirigeais. Je le sais à présent.

Ils ne pourchasseront plus maman et sa collègue. Ils n'auront plus besoin de les poursuivre.

Puisque je suis ici.

Tout à fait calme, je lâche le volant, ôte mes bottes, et dans un même élan mon pull et mon pantalon. J'ai la chair de poule. On est presque en novembre. L'hiver n'est pas loin.

J'aurais aimé voir la première neige.

Je pose un pied sur le bastingage et je saute.

56

Je suis entourée d'eau.

Mon corps devrait se glacer d'affolement, mais dans cet élément je ne ressens pas le froid. Je suis en terrain connu.

Je suis chez moi.

De l'air emplit encore mes poumons, mais je ne souffre pas. Je m'enfonce doucement et, quand j'ouvre enfin les yeux, je vois de nouveau cette brume verte. À présent seulement, je me rends compte à quel point je suis fragile à côté de ceux qui me pourchassent.

Les Nurmandír.

Ils sont si longs et si souples que leurs formes imbriquées semblent n'avoir ni début ni fin. Leur troupe évoque un banc de poissons, mais la comparaison ne convient pas. Non, rien à voir avec l'apparition fugace et craintive de petites bêtes aquatiques.

Leurs grands corps minces ondoient tout autour de moi, dessinent des montagnes noires qui étincellent sous les maigres rayons de lune dont la lueur parvient jusqu'ici. Des serpents de mer, oui – mais très différents de ce que l'on imagine, beaucoup plus vieux. C'est une chose terrifiante, qui semble sortie de la nuit des temps.

Tout chez eux n'est qu'écailles, dents et muscles. J'entrevois des nageoires dorsales qui fendent l'eau comme des lames de rasoir. D'ici peu, je saurai sans doute si elles sont aussi tranchantes qu'elles en ont l'air.

Nurmandír. Ce nom résonne de nouveau dans ma tête entourée de cheveux flottants.

Je sens la fureur monter au creux de mon ventre.

J'ai terriblement peur, plus qu'il ne m'est jamais arrivé d'avoir peur, mais cette peur recule devant la colère qui déferle en moi, emportant tout le reste.

Cette mer est la mienne. Mon chez-moi.

Ils n'ont aucun droit d'être ici.

– *Bienvenue, petit têtard !* me lance-t-on à travers les vagues.

Mille voix se moquent de moi, mais je réplique immédiatement, sûre qu'ils m'entendront :

– *Disparaissez !*

Je me drape dans une autorité que je n'ai pas.

Les voilà calmés.

Je le sens à la manière dont ils tournent en rond, aux vibrations qui passent entre leur peau et la mienne.

– *Qui parle ?*

Je commence à avoir mal dans la poitrine, juste un peu. L'eau me soutient et me transmet son énergie.

– *C'est moi qui parle.*

L'un d'eux s'approche de moi à toute vitesse, m'évite à la dernière seconde. Je me jette en arrière et suis prise dans le tourbillon du passage de sa queue. Quelque chose qui ressemble à un rire résonne à mes oreilles.

Ils s'amusent avec moi comme un chat avec une souris.

– *Tu n'as pas d'ordres à nous donner, petit têtard !*

Maintenant, c'est beaucoup plus fort. Un chœur qui résonne et m'envahit douloureusement le crâne.

– *Obéissez !*

Je relève le menton et tente de trouver un point où fixer mon regard. Mais ils sont nombreux, et leurs mouvements si harmonieusement coordonnés que leur image se fond en une masse unique devant mes yeux. Une affreuse chorégraphie muette où les corps vrillent sans cesse dans un sens, puis dans l'autre.

– *Je pourrais vous faire du mal !*

L'une de ces créatures, peut-être la même que celle de tout à l'heure, essaie une deuxième manœuvre, mais cette fois je suis prête. J'esquive au dernier moment, échappe au courant qui devait me retenir prisonnière.

L'animal me crache au passage son dépit chuintant.

– *Si vous ne disparaissez pas, je vais chanter !*

Les voilà qui rient.

D'un rire différent de celui des humains, mais je l'entends quand même. Un son râpeux qui me griffe l'intérieur de l'âme. Des lames aiguisées assoiffées de sang.

– *On sait. On t'entend. On t'écoute, on ne cesse de t'écouter. Combien de temps crois-tu pouvoir tenir avant que l'air te manque ?*

Mes poumons sont sur le point d'éclater. La pression vient du dedans. Je laisse échapper quelques bulles, et ce rire râpeux se fait de nouveau entendre.

– *Tu ne fais plus partie du peuple des océans. Tu ne peux plus commander personne. Tu es comme un galet dépoli et usé au bord de l'eau. Tu n'as pas de branchies. Et plus personne pour t'aider. Ils ont dépéri, ils sont tous morts. Tu es seule et tu ne peux rien faire.*

J'ai si mal dans la poitrine que j'entends à peine ce qu'ils me chuchotent.

– *C'en est fini de toi !*

De l'air, de l'air, c'est tout ce à quoi je réussis à penser.

Je regarde vers la surface, mais les serpents sont au-dessus de moi et me barrent la route.

Ils n'auront même pas à me dévorer. Tout ce qu'ils ont à faire, c'est attendre leur heure.

– *On est patients.*

Ils approchent, si près que je sens le mouvement de l'eau dans leur sillage.

Je sens le vertige monter, mon corps s'engourdir peu à peu. Je ne peux pas retenir l'air plus longtemps. Il s'échappe et remonte en un nuage de bulles argentées.

Ma vue se brouille de petits points noirs.

Tandis que le cercle des Nurmandír se resserre de plus en plus en un méli-mélo de nageoires brillantes et ténébreuses, des images se bousculent dans ma tête.

Maman à la table du petit déjeuner, la natte à moitié défaite. Maria et sa canine scintillante. Rasmus qui me prend la main, une lueur argentée dans les yeux.

Pour éviter de respirer, je me mords les lèvres à m'en faire mal. Mais quand le corps réclame son oxygène, il n'y a plus rien à faire.

– *Rends-toi, petit têtard !*

Ils sont si près que je sens leurs écailles me frotter

les jambes, à l'instant même où j'ouvre la bouche et inspire… de l'eau.

Entre la mer et moi, ce sont des retrouvailles, comme avec une amie de longue date.

La douleur a changé. Mon corps continue à crier, mais à distance : on dirait qu'il ne fait plus partie de moi.

Voici une de ces nageoires tranchantes qui me cingle le bras. La douleur aiguë me ramène à mon propre corps.

Les monstres se régalent du spectacle.

Je n'ai plus que quelques secondes devant moi, mais je perçois quand même leur joie méchante et amère, un triomphe gorgé de vengeance, qu'ils attendaient depuis si longtemps.

– *Adieu, petit têtard !*

57

– *Les humains ne peuvent pas respirer dans l'eau.*

Qui me parle ?

Je suis si fatiguée. Laissez-moi dormir. Tout me fait mal, tellement mal.

– *Les humains ne peuvent pas respirer dans l'eau.*

Je reconnais cette voix. Je l'ai déjà entendue. Et ces mots aussi, je les reconnais.

Je sais bien que les hommes ne peuvent pas respirer dans l'eau.

Mais cette voix – cette voix.

Elle s'adresse à moi, et je l'ai déjà entendue. Le jour où j'ai chassé les Nurmandír en chantant. C'est la même voix féminine, à la fois douce et rude, qui résonnait dans ma tête quand j'ai réussi à les éloigner de mon père. Au temps où je vivais encore.

– *Tu n'es pas humaine.*

La voix ne me laisse pas en paix. Elle me dérange, m'irrite, m'écorche et me déchire.

Laissez-moi tranquille. Il faut que je dorme.

– *Tu es l'une des nôtres.*

Je n'en peux plus. Je suis à bout de forces.

Je glisse, je m'en vais, mais la voix se fait plus mordante, elle n'abandonne pas, elle me ronge la conscience.

– *Tu n'es pas humaine.*

Quelque chose me ramène en arrière. Mais je ne suis rien, un corps sans forces, pitoyable. Je n'ai plus de branchies. Je ne peux pas respirer dans l'eau. La mer n'est pas mon alliée.

Et la voix gronde en mon for intérieur :

– *TU N'ES PAS HUMAINE !*

Je rouvre lentement les yeux.

58

Les serpents de mer m'encerclent toujours. Mon bras saigne.

Tout se produit à la vitesse de l'éclair.

– *RESPIRE !*

J'ai mal de la tête aux pieds. Mais la voix ne renonce pas, elle gronde, me harcèle, m'ordonne :

– *RESPIRE !*

L'eau qui remplit mes poumons m'attire vers le fond et les cicatrices de mon cou me brûlent.

Soudain, l'instinct prend le dessus.

J'expire, pousse sur mes muscles pour forcer l'eau à sortir de mon corps.

Ma gorge a beau être en feu, je continue, pousse encore, et l'eau jaillit. Jamais je n'ai ressenti une douleur pareille. Quelque chose se rompt, mon cou explose.

Une nuée rouge s'épanouit dans l'eau, tout autour de moi. *Je vais mourir*, me dis-je, mais une autre sensation me saisit.

Je respire de nouveau.

En tâtant mon cou du bout des doigts, je découvre des plaies ouvertes, si sensibles que je manque de m'évanouir en les effleurant.

Mais elles laissent passer l'eau à chaque respiration.

J'ai des branchies !

Tout s'est arrêté. Les serpents se sont calmés au point de rester quasi immobiles.

Les Nurmandír.

J'inspire profondément, goûte, malgré la douleur, le plaisir d'être traversée par ce flux d'eau. Je fais partie du grand circuit de la nature, et lui fait partie de moi.

Cette mer m'appartient.

Je fixe du regard les gigantesques serpents.

Je suis coincée au milieu de leur ronde, ils pourraient ne faire de moi qu'une bouchée. Mais j'ai quelques secondes d'avance. Le choc les a sidérés.

Alors j'ouvre la bouche.

Le premier son qui s'en échappe est très faible, si prudent que je le sens à peine passer. Mais j'y mets plus de force et il s'amplifie. Je chante, droit vers eux. La masse noire et dure éclate en hurlant.

Les notes les frappent et les traversent jusqu'à les faire reculer. Je sens déjà monter un cri énorme, unique, une plainte de mort et de désolation qui fera bientôt bouillonner l'eau.

Mais je ne m'en soucie guère.

À présent, je sais comment m'y prendre.

Il aurait fallu un chœur, un chant fait de mille et mille voix entremêlées. Nous aurions dû être si nombreux à chanter.

Mais il n'y a que moi. Le deuil de ce qui n'existe plus et la peine de voir ce qui reste pénètrent ma voix de leur tristesse.

Je ferme les yeux et lance des sons perçants et désespérés, tels des éclats de verre.

Je dois balayer hors de cette mer qui est à moi les vibrations émises par ces monstres, leurs intentions funestes et leurs écailles noires. Ils doivent disparaître à tout jamais dans la tombe profonde et obscure d'où ils sont sortis.

L'eau et le sang s'écoulent par mes branchies toutes neuves, entraînant dans leur flot mes battements de cœur.

Je suis seule, et pourtant… D'autres chantent à travers moi, s'unissent aux sons qui jaillissent de ma bouche.

La voix, la douce voix féminine résonne dans ma tête.

Les serpents fouettent l'eau, se contorsionnent, tentent de se cacher, en vain. Le son envahit tout l'espace, leur interdisant la fuite.

J'entends, sans rien en laisser paraître, les mots qu'ils me jettent pour se défendre, tant bien que mal :

– *Arrête. Arrête. ARRÊTE !*

Puis vient la longue plainte, un cri de bête, si effrayant qu'il réussirait presque à me couper le souffle. Une vague de haine et de colère m'assaille, mais je ne me tais pas. Au contraire, je continue à chanter, les yeux grands ouverts, sans me soucier des mouvements convulsifs ni des allées et venues autour de moi.

La voix qui me guide change, se fait plus sourde et régulière. Je l'imite et les berce, ils tombent et je les mène vers le fond, de plus en plus loin.

L'eau est parcourue d'un courant électrique, et ce courant, c'est moi.

Je les brise l'un après l'autre. Leurs formes endormies jonchent bientôt le fond. Je les force à descendre encore, jusqu'au plus profond et au plus noir des abîmes.

Dans le cimetière des eaux.

Je voudrais pouvoir les détruire définitivement, mais la voix décrit une boucle que je dois suivre. Aussi forte que soit ma volonté, il n'existe pas de sons qui puissent les tuer.

Plus ils s'enfoncent, plus leurs cris effroyables s'étouffent. Et quand tous ont enfin disparu, il ne reste plus aucune note à chanter.

– *Les tuer n'est pas possible, on ne peut que les endormir. Mais ils ne reviendront pas de sitôt.*

L'eau n'a plus le même goût.

Elle ne contient plus de méchanceté.

La voix est devenue plus faible, son chant est triste.

Tout se bouscule dans mon esprit. Je suis terrassée par une immense fatigue. La douleur bat dans ma gorge et mes poumons. Mais mon corps a beau se tordre de souffrance, je ne peux pas abandonner maintenant.

– *Qui es-tu ?*

Je n'ai pas pu retenir la question.

– *Tu n'as pas besoin de le savoir… Pas encore.*

Une voix peut-elle sourire ?

– *Il va falloir que tu continues.*

La voix a encore faibli. Elle est épuisée, comme moi.

– *Mais tu les as vaincus. Maintenant, tous savent que tu exis…*

– *Tous ?*

Pas de réponse. Je nage sur le dos dans l'immensité silencieuse. Ma gorge est écorchée et rugueuse. Ma tête tourne. Je me demande combien de sang j'ai perdu. Tout cela est-il fini, ou me suis-je déjà noyée ?

– *Non.*

Ce dernier chuchotement si bref, je me le suis

peut-être imaginé. Je suis trop abattue pour le savoir avec certitude.

J'entrevois au-dessus de ma tête la coque d'un bateau. Je tends les bras, esquisse quelques brasses, puisant dans les forces qui me manquent, et quand je perce enfin la surface, l'air me blesse. Il est si brut, si sec que je suis prise d'une quinte de toux qui m'oblige à replonger dans les profondeurs.

Je nage au-dessus d'une boue brunâtre émaillée d'ordures à tous les stades de décomposition. Des cartons, des journaux, des boîtes de conserve rouillées. Dans cet amas, plus rien de vivant n'est visible, ni plantes ni poissons. Rien qui me ressemble.

Cette constatation accroît encore mon chagrin, un désespoir indescriptible.

Mais la fatigue est trop lourde.

Je tente à nouveau de regagner la surface. Cette fois, je me sens mieux, j'étais préparée à ce qui m'attendait.

J'inspire tout doucement, par petites bouffées prudentes. Rassemblant les dernières gouttes d'énergie qui me restent, je rampe sur la plage, vers le bateau négligemment tiré hors de l'eau. Iris et maman sont là, à côté. Maman scrute la zone où le bateau du vieil Ingvar tourne en rond. Sa silhouette isolée se détache en noir sur la blancheur du clair de lune.

Iris a la joue appuyée contre son téléphone.

– Elle a coulé depuis un quart d'heure environ.

En me voyant, elle se couvre la bouche de la main, lâchant son portable dans le sable.

– Maman, articulé-je péniblement.

Maman fixe mes sous-vêtements trempés, mes cheveux emmêlés qui dégoulinent, le sang qui coule encore de mon cou.

– Tuva !

Puis elle se précipite à ma rencontre, et pleure bruyamment en m'enlaçant.

Je respire à pleine bouche, et une étrange sensation m'enserre le cou : mes branchies se referment.

– Tuva chérie, murmure-t-elle contre mon visage mouillé. Ma petite fille chérie.

Le sang qui dégouline de mes plaies dessine des rigoles sur ses bras. J'aperçois par-dessus son épaule des points lumineux qui flottent dans l'air et s'éloignent. Ont-ils été là tout ce temps ? Ont-ils veillé sur moi ? Cette voix au fond de ma tête, était-ce la reine des elfes ?

– C'est fini, dis-je dans un souffle, avant de sombrer dans l'obscurité.

LUNDI 2 NOVEMBRE

59

J'ouvre la porte, inspire prudemment une lampée de l'air scintillant de novembre. Les vacances d'automne sont finies. Il faut retourner à l'école.

Bellman surgit, flaire mes talons, mais je le repousse doucement du bout du pied.

– Pas maintenant, mon chien. On te promènera un peu plus tard.

Les couleurs sont toutes plus vives que d'habitude, et les pâles rayons de soleil miroitent sur la mer. Le bateau d'Österman vient de passer la pointe et arrive droit sur l'île.

Jamais je n'ai été aussi contente de le voir.

– C'est le dernier jour d'automne, remarque maman dans mon dos. Demain, on aura la première neige.

C'est donc ça, ce parfum. Cette odeur froide et croustillante.

Österman approche du ponton, où est amarré notre bateau bleu tout neuf, payé avec l'argent de l'assurance.

– C'est l'heure, dit maman.

Après un bisou rapide, elle rajuste l'écharpe enroulée en plusieurs couches autour de mon cou.

– Fais attention qu'elle ne glisse pas, me recommande-t-elle.

Comme si je risquais de ne pas y penser.

– Fais attention à toi ! me lance-t-elle tandis que j'ai commencé à descendre.

Elle a dans la voix cette inquiétude nouvelle qui ne la quitte pas depuis l'accident, et qu'elle dissimule le mieux possible.

– Bien sûr, maman.

Je cours vers le ponton où m'attend Österman. Mon nouveau téléphone vibre. Je l'extrais de ma poche et lis le SMS de Rasmus : « Panne de réveil. Distrais Österman, STP. »

Je grimace, jette un œil vers le capitaine du bateau-bus et tape : « Dépêche-toi ! »

Seule réponse : un smiley en colère.

Le bateau se remplit peu à peu. Comme d'habitude, Hanna et Isabelle s'installent sur le banc du devant. Elles arborent des vestes d'hiver, longues, légères et assorties. Moi, je me cache dans un des vieux cirés de mon père. Un ciré vert, avec une tache de peinture au coude, mais qui sent exactement comme papa.

Au moment où Österman s'apprête à lever les amarres, Rasmus émerge de la grande maison perchée sur la butte, et arrive en dévalant la pente, les cheveux en bataille et le blouson flottant. En le voyant, quelqu'un rit, et je ne peux m'empêcher de sourire. Il se jette à bord, manque de tomber à la renverse sur le plancher glissant.

– Je t'avais demandé de le retenir, se plaint-il, hors d'haleine, en s'asseyant lourdement à côté de moi.

– Tu l'as eu, non ?

Il me donne un coup de coude.

– Merci quand même.

À midi, Rasmus et moi sommes sur le point d'aller manger, quand quelqu'un m'attrape par le bras. C'est Maria, appuyée contre le mur de la cantine.

– Tu as une minute ?

– Je te garde une place, dit Rasmus en continuant son chemin.

Il a compris de quoi elle voulait me parler. Rasmus sait déjà tout. Il est le premier que j'ai appelé en me réveillant dans ma chambre, le lendemain. Maman m'a soignée à la maison, elle n'a pas voulu m'emmener à l'hôpital. Heureusement. Je ne sais pas quelle explication on aurait pu donner aux médecins pour mes branchies.

Je suis Maria jusqu'à l'infirmerie. C'est un peu plus propre qu'à ma dernière visite, mais j'aperçois un moule à gâteau plein de miettes, poussé derrière un rideau.

Maria ferme la porte et s'assied sur sa chaise. Elle a à peu près retrouvé son apparence ordinaire, avec ses cheveux bien lissés et un chemisier du même vert pâle que ses boucles d'oreilles. Elle ouvre la bouche et va droit au but.

– Donc, tu y es arrivée ?

– Oui, je crois, réponds-je prudemment.

– Tu as dû y arriver, reprend-elle, puisque je ne les sens plus. Et le peuple ancien recommence peu à peu à bouger, je perçois à nouveau leur présence.

Maria se penche au-dessus de la table, une curiosité intense dans les yeux, mêlée à un autre sentiment qui pourrait être du respect.

– Tu t'y es prise comment ?

– Je les ai endormis en chantant.

Elle me regarde fixement pendant quelques secondes, puis hausse les épaules et rit toute seule.

– Je te l'avais bien dit, que ça marcherait.

Elle a un air effrontément satisfait.

– Ce n'était pas grâce à vous, dis-je dans un murmure.

Mais elle continue à sourire.

– À moins que… C'est vous qui m'avez aidée ?

Le souvenir de la voix mystérieuse m'est soudain revenu en tête. Maria n'a pas l'air de comprendre.

– Comment ça ?

J'ai toujours su que ce n'était pas elle. Cette voix, c'était autre chose. De plus grand. De plus puissant.

– Non, rien.

Maria se mord la lèvre.

– Tu sais qu'ils ont laissé tomber l'enquête sur la disparition d'Axel ?

C'est une phrase dure à entendre. Je pense à la mère d'Axel et à son regard vide, aux petits frères d'Axel qui sont devenus muets.

– Non, dis-je. Je ne savais pas.

– La police pense qu'il a fait une fugue, reprend-elle. C'était il y a trois semaines, et… ils n'ont pas retrouvé de corps…

Je demande d'une voix faible :

– Et sa famille ?

– Ils sont désespérés, bien sûr, répond Maria.

Son regard s'est alourdi.

– Mais maintenant, ils peuvent au moins se dire qu'il est peut-être vivant. Et qu'il pourrait revenir un jour.

Elle comme moi, nous savons bien que ça n'arrivera pas.

– Comment avez-vous su que l'enquête était close ?

Maria sourit en découvrant sa petite canine dorée.

– J'ai mes sources.

Elle lève la main gauche en écartant légèrement les doigts. Elle porte à l'annulaire une alliance en or que je n'avais jamais remarquée avant.

– Mon fiancé s'appelle Daniel, dit-elle, contente de son effet.

Je comprends soudain.

Les réactions du policier quand nous étions dans la cuisine. L'irritation et le scepticisme de ce Daniel, quand nous avions accusé Maria d'être responsable de la disparition d'Axel.

Oups.

Maria lâche un éclat de rire.

– Ce n'était peut-être pas très malin d'essayer de reporter la faute sur moi.

Je me lève, mais Maria me retient.

– Ton écharpe, observe-t-elle, tu la gardes à l'intérieur…

Ce n'est pas une affirmation, mais une question.

– Je peux voir ?

Elle a deviné.

Je ne suis pas sûre que ce soit la bonne décision, mais aucune raison de refuser ne me vient à l'esprit. Alors je baisse mon écharpe.

Maria, sans un mot, examine les fines entailles sur mon cou. Pour l'heure, elles sont refermées.

L'intérieur des plaies a guéri, mais les branchies y sont toujours. Je me suis arrangée pour qu'elles ne cicatrisent pas : pendant les vacances, je me suis entraînée à nager sous l'eau en laissant un flux passer et repasser librement à travers les ouvertures. Dès que mes jambes ont pu me porter, j'ai cherché à retrouver la mer.

– Des branchies ? observe-t-elle finalement.

J'acquiesce en remontant mon écharpe jusqu'au menton. Mais le doute me saisit pendant quelques secondes.

Les Nurmandír dorment au fond de l'abîme. Ils ne reviendront pas de sitôt, a promis la voix qui murmurait dans ma tête.

Je voudrais vraiment le croire, mais chaque fois que je retourne sur le rivage c'est plus fort que moi, je les cherche du regard. Je goûte l'eau, pour m'assurer que les épouvantables monstres ne sont pas revenus. Je tends l'oreille dans l'attente du bruit si particulier que seules peuvent produire des nageoires noires acérées comme des lames.

Ils dorment pour de bon, je dois y croire.

Mais dans ce cas, qui sont ces « autres » qui savent que j'existe ? Les derniers mots chuchotés par la voix inconnue : « Maintenant, tous savent que tu exis… »

Chaque soir, au moment de m'endormir, la

question me tourmente. Qu'est-ce qui m'attend ? Quel sera le prochain épisode ? Vers où se dirige la vraie Tuva ?

D'une certaine façon, j'espère que d'autres créatures comme moi vivent, que je ne suis pas la seule rescapée.

Peut-être que Maria le sait, mais je n'ose pas l'interroger directement. Je suis trop faible pour encaisser les réponses. Je dois d'abord me ressourcer, et exercer mes nouvelles capacités.

Devenir forte.

Je me lève et ouvre la porte.

– À bientôt.

Autour de la cantine, l'air embaume le menu du jour. Du pot-au-feu. J'espère qu'il me restera du pain.

Quel soulagement de pouvoir se soucier de ce genre de détails !

En passant devant la baie vitrée du gymnase, j'aperçois une petite silhouette qui se reflète dans le verre. Je m'arrête et me retourne. Le soleil m'oblige à aiguiser mon regard. Dans mon dos, j'entends le brouhaha de la cantine.

Je mets du temps à comprendre ce que j'ai sous les yeux : un farfadet, à peine visible à la lisière du bois, à l'endroit précis d'où part le sentier. Ses vêtements de laine grise se fondent dans le décor, et son petit visage est éclairé de deux minuscules yeux plissés de la taille de deux grains de poivre.

Sa peau tannée a la couleur des bûches bien sèches.

Il n'est pas beaucoup plus gros qu'un chat.

Comme s'il avait attendu bien trop longtemps que mon attention se porte sur lui, il me salue en soulevant son bonnet.

Puis il se sauve et disparaît dans l'ombre de la forêt.

Sauvons la mer Baltique !

Il existe plus d'un moyen d'action pour contribuer à nettoyer la mer Baltique. En voici quelques-uns…

1. ÉCONOMISER L'EAU

L'épuration, le pompage et le chauffage de l'eau nécessitent de l'énergie. En plus, la surconsommation dans les zones de bord de mer peut provoquer une pénétration d'eau salée dans les sources de captage. Raccourcis la durée et le débit de tes douches, ferme les robinets qui gouttent et remplis bien le lave-vaisselle. Et remplace les bouteilles d'eau minérale par l'eau du robinet.

2. DIRE « NON » AU GASPILLAGE ALIMENTAIRE

Une bonne part des nuisances qui touchent la mer

Baltique sont provoquées par l'agriculture. Il est absurde de cultiver des plantes pour nourrir des animaux qui risqueront de devenir des déchets que l'on jette. En Suède, 30 % des aliments achetés par les consommateurs finissent à la poubelle. N'est-ce pas un gaspillage scandaleux ?

3. CHOISIR LE LABEL « AB »

Le lait biologique provient de vaches élevées en plein air, nourries de fourrages sans engrais ni pesticides – le genre de substances qui contaminent la mer Baltique et participent à l'eutrophisation. Consomme des produits bio aussi souvent que possible.

4. MANGER VÉGÉTARIEN UNE FOIS PAR SEMAINE

La viande de bœuf est une importante source de gaz à effet de serre, ce qui réchauffe et acidifie la mer Baltique. La production de 1 kilo de viande de bœuf équivaut à environ 25 kilos de CO_2, ou au volume de gaz qui émane de 12 litres d'essence consommés. Pour ne rien arranger, les élevages situés autour de la mer Baltique laissent échapper des engrais dans l'eau. Alors essaie de ne pas manger trop de viande, et si tu aimes vraiment ça, mange plutôt du porc, du poulet ou de l'agneau.

5. RÉCLAMER UNE VOITURE ÉCOLO

La prochaine fois que tes parents voudront changer de voiture, insiste pour qu'ils choisissent un véhicule qui marche aux biocarburants. L'environnement t'en sera reconnaissant !

6. NE PAS POLLUER LES W-C

Si les eaux usées n'étaient pas infestées d'huile, de peinture, de médicaments, de produits chimiques mais aussi de tampons, de Cotons-Tiges et de mégots de cigarette que les gens jettent souvent dans la cuvette, la mer Baltique se porterait beaucoup mieux. Respecte la nature, même aux toilettes !

8. PLANTER UN ARBRE

Les arbres qui poussent près des fleuves, des rivières et des lacs retiennent l'azote et le phosphore. Notre pays ne manque pas de forêts, mais on trouvera toujours une place pour quelques arbres de plus.

9. EXPRIMER SON OPINION

La mer Baltique a besoin qu'on parle d'elle, par exemple sur les réseaux sociaux. Like et poste tout ce qui concerne la protection de l'environnement. Les hommes et les femmes politiques se soucient de l'opinion populaire – tu pourrais bien les influencer !

10. ÉCRIRE AUX AMBASSADEURS

La mer Baltique est entourée de neuf pays : la Suède, le Danemark, l'Allemagne, la Pologne, la Russie, la Lituanie, la Lettonie, l'Estonie et la Finlande. Tout le monde doit agir pour maintenir l'eau propre. N'hésite pas à écrire aux ambassadeurs de tous ces pays pour demander que des mesures soient prises.

Quelques faits sur la mer Baltique

- Il s'agit d'une des mers les plus polluées au monde.
- 90 millions d'habitants vivent dans les neuf pays qui l'entourent.
- Les trois problèmes les plus graves sont le rejet de polluants toxiques, l'eutrophisation et la surpêche.
- Il s'agit d'une petite mer intérieure, d'une profondeur moyenne de 55 mètres seulement (contre 1 500 mètres pour la Méditerranée, par exemple). Voilà pourquoi elle est particulièrement sensible à la pollution.
- L'eau de la Baltique met trente années à se renouveler.
- Sur les plages de Suède, on trouve 133 déchets tous les 100 mètres.
- Une bouteille en plastique peut résister 450 ans dans l'eau.

Postface

Lorsque nous avons eu l'idée de ce livre, l'écrire à quatre mains n'a pas été une évidence. Cette expérience s'est révélée à la fois plus amusante et plus périlleuse que nous le pensions.

Nous nous sommes permis quelques libertés : pour des questions d'effet dramatique, nous avons déplacé sur le rivage l'école de Runmarö, située en réalité un peu plus loin sur l'île. Par ailleurs, les écoliers de l'archipel se déplacent le plus souvent sur des petits bateaux fermés, et non sur un hors-bord comme le fait Tuva.

Notre travail a bénéficié de l'aide de nombreuses personnes que nous voudrions ici remercier…

Notre éditrice, Karin Lemon, et notre rédactrice, Titti Persson, qui nous ont aidées à sculpter ce récit au fil de sa création.

Gunilla Pettersson, l'une des habitantes du port de Sandhamn, qui a lu notre manuscrit et soulevé des points importants sur la description de l'archipel.

Anna Frankl, notre merveilleux agent littéraire, qui nous a encouragées du début à la fin.

Merci également à tous les employés de Bonnier Carlsen, ainsi qu'à l'agence Micael Bindefeld qui a pris en charge avec enthousiasme l'organisation du lancement de ce livre.

Composition et mise en pages
Nord Compo à Villeneuve-d'Ascq

Imprimé en Espagne
Dépôt légal : février 2019
ISBN : 979-10-224-0329-0
POC 0222